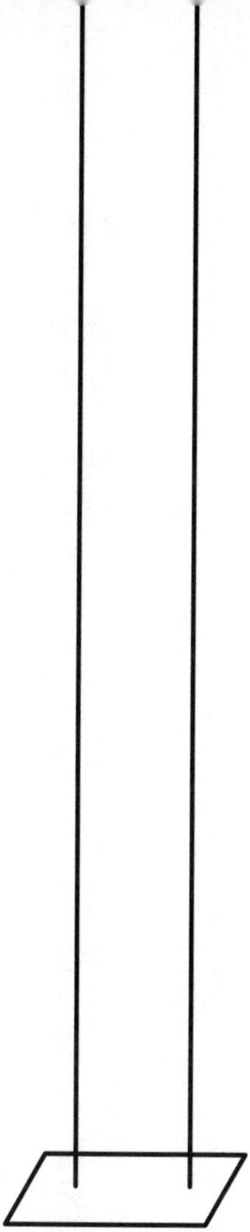

little friends

小朋友

湖南蟲

小朋友

02 失業的小魔女琪琪

03 天空之城毀滅那一刻

05 吃心臟的流星卡西法

【代序】

給明天的信

日劇《追憶潸然》在春天來之前開始播出，由手嶌葵演唱的主題曲〈給明天的信〉於是反覆在未過試用期的通勤路上播放，每次都是鋼琴前奏一下，就徹底淪陷，不單單是想到劇中女主角讀著已逝母親寫的那封信時，背景音樂幾乎是完美地襯起了杉原音做為一個孤兒寄人籬下的心情，更因為那是一封由時間拆封的信，預知了自己死亡的母親，寫下許多來不及實現的盼望和叮嚀，像是一個護身符，沒有神奇的趨吉避凶法力，只是一個總能在最危急、最無法選擇、最坐困愁城，一動身就要被疑惑與疼痛阻擋的時刻，成為拉人一把的提醒。

好多朋友都在這個地方哭了。當滿島光以客串身分念出那封信時，那口吻仍是對著孩子的，不管如何設想，她永遠只能對著還是個小女孩的杉原音講話，還未因看見了她可能的叛逆、沉淪或逐漸成為太平凡的人，而改變凝望的方式。那是一封將溫柔和愛護的心情永遠封緘、留住的信，孩子也因而只能誠實面對一個亦永久停在那個時候的母親。

面對那時候的自己。就像沒多久，歌曲MV出來，拍攝的方式竟然就是直接找來飾演杉原音的有村架純，以及飾演她小時候的童星一起演出。簡直是滿分的恍惚，開頭幾秒的鏡頭，分別是有村架純閉上眼睛像回憶的儀式、在冷冷的河岸邊微笑著給小時候的自己一個大大的擁抱，以及讀信，接著才回到童年的場景，下雪的日子，小小斗室裡，童年杉原音和小熊布偶隔著餐桌對坐，一個人吃飯，一個人移動，一個人生活，自己照顧自己長大。

忽然發現，我好容易在這種「合體畫面」上氾濫情感，像是另一部日劇《流星之絆》裡，每次都有點害怕看見那主角三人回憶爸媽遭殺害後，在家裡挑選要帶去孤兒院的紀念品橋段，大人小孩共六個演員交錯演出，自己對自己講話，對還是小朋友的兄弟姊妹講話……好像在說，不管傷害或幸福，最後都會變成陰影，將人圍困住。用這樣的形式演出，根本像恐怖片一樣逼人。

那是人生的課題一：與往事和解。對著以前的自己說，謝謝你的堅強和軟弱，謝謝在每個岔路做出的每個選擇，對的、錯的，都沒關係，都全盤接受。以後的事，就交給我吧！

人生的課題二，則是請求原諒。對著以前的自己說，不好意思，好像沒能成為你冀望過的那個人啊。不見得是悲情的告解，如泣如訴的道歉，可能只是好好說明，仔細地回想一遍，在心中對自己說：我雖然沒有做到，但其實一直記得。

像是電影《兒時的點點滴滴》。

故事講在東京生活的單身上班族岡島妙子，請了十天的長假，重遊去年拜訪過的姊夫堂弟敏雄的家，體驗她熱愛的農村生活。一路上，不知為何，小學五年級的自己不斷像幽靈跑出來，驗收長大後變什麼模樣似的。或許是心裡清楚那正是一段追尋自我的旅程吧，所以也時時把以前的自己，像封「給明天的信」找出來重讀，那裡頭是否隱藏了現在才被時間顯影的訊息呢？青春期的自己、彆扭的自己、任性的自己、夢想被剝奪的自己、期待落空的自己，甚至是回頭時才看見了有類似愛情的什麼，被當時的自己誤解、忽略了。

其實都對照著此時此刻。

自以為非常親近、友善地闖入別人的日常裡，難道不也是立基於假期結束後，就能回到熟悉的、疏離的都市嗎？這樣的熱情當然是不堪一擊的虛偽，當敏雄的媽媽突兀地說出「請和我的孩子交往、當我們家的媳婦好嗎？」時，竟瞬間就被看穿了自己不確定的心態，那深深被吸引的心情，到底有多少「體驗行程」似的成分呢？

自己想要的，到底是什麼？那些一路緊隨灌溉以回憶的小朋友們，好像分組帶來一片一片的拼圖，將彼時還模模糊糊的影像沖洗完畢，放到正確的位置。

那些拼圖，不也就是我第一次看這電影時，因為年紀太小，還無法看出深意的粗略印象嗎？卻已經是個預言，是一封信，躺在那裡等著了。

小學五年級，小學六年級，一年比一年多懂得一些，也多失落一些。經常挨打的學齡前歲月、始終資優的國小階段，惡名昭彰的青春期，將要長出智齒的忍痛時光……

一路走到選擇權就快要從破洞的口袋全數遺失的現在。小小斗室裡，每天的最後一秒，每天的第一秒，從這裡告別，也從這裡出發。黑暗裡如果有眼睛偷偷看我，見著這幾年來學會最強大的武器叫做「放棄」的我，會有怎樣的嘆息和訝異呢？

在一個人面前，一份工作面前，一句質疑面前，一陣攻擊面前，一顆真心面前——

我多想能像妙子在回程的火車上，忽然意識到一群小朋友等著的，就是她起身、離開，重新回到農村。他們歡天喜地，跟著下車，搭上對向的車，往未來前進。

01

總是在忙的戰王丸

身為孫達陸的師父，甘錫巴在《魔神英雄傳》裡其實更像是跑錯棚來搞笑的人，每次敵人出現，一群人好緊張開始召喚各自的機器人出面迎戰時，就只有他怎麼打電話都叫不來戰王丸。收訊不良、正在上廁所、感冒了或是心情不好……戰王丸真是史上最幽默的機器人了，也不是畏戰，就是真的把小事看得超重要吧，好可愛。

神隱少女的飯糰

朋友到日本出差，好心問我要代買什麼嗎？我說：可以的話，請幫我買電影《神隱少女》中，吃了會哭出大滴眼淚的飯糰。

朋友說好。然後又補一句，希望可以買到。

那是一個我會向其傾倒許多心事的朋友，那句「好」的背後是否隱藏了某種對任性的諒解，或只是忙著收拾行李所以放棄無聊的對話，無法確定。反正是個不存在之物，用虛無回應他人實心的善意，還能收到個「不確定」，我也算很幸運了。

但，如果真有，還是很希望能買到啊。我想像它是一份奢侈的禮物，只是尚未有能力送給自己。這樣去冀望未來，是小時候每逢開學要繳學費，必會看見母親很緊張去標會的我，早就熟練的本事。

無論如何，還是被保護著跨過許多關卡，無須犯罪地長大了。其實已不記得回答朋友的當下，是否有不得不的違法念頭，掙扎著像不對時的花朵想要綻放。有時我感覺人生像兩面鏡子包夾，前後都是無止境延伸的自己，在一人獨占的天地裡，被大量的虛空圍困。

悲傷、孤獨、害怕、惶惑，這些生命裡難以確實掌握的殘像，如骨牌一片撲倒一片，排出浪湧浮世繪。電影裡，小千一家子誤闖靈界湯屋地盤，爸媽偷吃了仙物，變成肥豬。天色暗，小千回頭朝出口奔跑，只見來時路化為汪洋，人也散了形，漸漸變得透明。不是夢，但那麼像夢，小千不敢相信眼前的景象，以致整個人縮成一團，在世界的邊緣等待清醒——如果不是宮崎駿，這大概已足夠是個結局了。所幸湯屋主人湯婆婆的助手白龍出面相救，讓小千死纏爛打，用名字交換來一份工作，先取得暫時的身分，再來想營救爸媽的辦法……我們終於不用自行想像一個雙親被宰了吃掉的後續。

混亂的一日終於過去，小千像汪洋裡一根枯枝隨流，跟著勞動跟著睡，醒來前夢見白龍透過念力指引方向，循線前去會合，很勉強收下白龍給的飯糰。

咬下一口，眼淚就大顆大顆滾了出來，直至嚎啕大哭。眼淚化無形為實體，把抓不著丟不掉的感覺，整理房間似地清空。

一直很喜歡這個安排，充分展示了眼淚的神術作用，就像水庫在超量負載時趕緊洩洪（也難怪眼淚總要「潰堤」而出）。這同時也解釋了何以總有人要用「哭一哭會好過點」來規勸遭逢重大創傷的人，眼淚對著別人或許是武器，朝向自己必定是種藥品。為什麼欲哭無淚比哭天喊地更加絕望呢？就是因為連藥都沒有，只能放棄治療了。

或是還不確定該不該哭，能不能哭。像我國中時一次在放學回家路上固定光臨賣燒仙草的攤子，很冷的日子，旁邊站著個約莫小學低年級生的男孩直盯著我看。問他是不是想吃？搖頭，掏出零錢給他，還是搖頭。不知哪來的靈光，我問他：「是不是迷路了？」一殊不知那句話就像白龍的飯糰，讓他的雙眼瞬間水患成災。

類似的經驗我也有過。當我還是那迷路男孩的年紀時，曾經在學校遭同學推擠跌倒，狠狠撞上牆壁，鮮血從後腦勺流下來。老師帶我去保健室做簡單處置，同時通知家長來帶去醫院，整個過程，我也只是茫然，知道事情嚴重，但做不出反應。保健室的阿姨還誇我很鎮定、很乖。

但媽媽一來我就大哭了。

也可說它是一種溝通方式吧，像嬰兒在肢體和語言受限的階段，用哭來表達不滿。據說人類天生有兩種最無法忍受的聲音，睡得再沉如鎖緊全身感官，也能找到密道直搗大腦，一是蚊子飛行，二是嬰兒哭聲；前者為保護自己不被叮咬，後者為即時在孩子呼救時警醒，科學的解釋都是保護ＤＮＡ存續，但人又豈只是大草原上努力從食物鏈中脫逃那樣簡單呢？

所以才很羨慕迷路男孩的眼淚，羨慕以前的自己可以對著媽媽哭泣討拍。那是多麼純真而沒有顧忌的表述啊，人長大就不能那樣哭了。無法再濫用對別人的信任，更無法信任自己。迷路男孩後來收拾好眼淚，拿著我的燒仙草站著慢慢吃，讓我陪著一起等他不知跑到哪去的姊姊。姊姊出現時他又哭了一次，看著他們，心裡有做了好事才有的那種暖。

姊弟倆牽著手回家了。小千也搭上行駛於海面的電車完成冒險，找到營救爸媽的方法，告別了湯屋。

覺得置身世界邊緣不知要往哪去的時候，偶爾我想起他們，就好像真找到了飯糰，大口大口吃下。

毛絨絨的死神

網路上有則據說流傳十年、關於電影《龍貓》的都市傳說，表示龍貓其實是冥界的使者，是個死神。這消息無異使每個曾因為龍貓肥嘟嘟又毛絨絨形象而興起張開雙手、無防備去付出一個擁抱念頭的人，感到童年在瞬間死滅了吧？

得知這個噩耗的當下，我第一個想到的是《櫻桃小丸子》的原著作家櫻桃子也曾在散文中提及自己和爺爺的感情其實一點都不好。卡通裡和友藏先生一起耍白爛、互為不負責任陣線裡最堅強夥伴的相親相愛爺孫模樣，原來全部是虛構出來的。那個誰都想要的一個無條件掩護自己失敗的最完美爺爺，真實世界裡原來很惹人厭；而領著孩子飛翔、一起在大樹上吹陶笛、派出龍貓公車載著姊姊化成一陣風去尋找迷路妹妹的龍貓，竟然是死神？為什麼要這樣欺騙觀眾的感情呢？如果一個在學校被霸凌的孩子，每天最期待的事情就是放學回家把自己活進小丸子的世界裡，假裝自己在過另一種人生；如果一個家裡很窮、每月領來的中低收入戶補助款只能去買白米兼付水電費的孩子，最想要的玩具就是忽然跑出來撿橡實的龍貓……這簡直是告訴小朋友世界上沒有耶誕老人，而且你也不是爸媽親生的，把希望都抽空令人窒息的殺人犯行吧！要我說，櫻桃子和宮崎駿爺爺都該被抓去關起來好好反省。

然而，和龍貓傳說不同，櫻桃子因為是自首，沒有太大疑義，宮崎駿的罪狀卻是別人言之鑿鑿捏出來的。一個謠言能散播十年，除了有網路做為遞送垃圾信的郵差，想必流言製造者為了使聯想得以盡可能趨近於真相，必定經過了嚴密的推理，在所有找不到證據的缺漏處使勁腦補、填塞那些空白。那個人——姑且稱之為小說家吧——表示自己在看完電影後，發現情節和一九六三年發生在同樣被設定為電影背景的埼玉縣、一件震驚社會的「姊妹遭虐殺狹山事件」，竟有著一連串不可思議的「連結」：

一、電影裡姊姊的名字「皐月」和妹妹的名字「小梅」（may），都巧合地呼應了事件的發生日期「五月一日」。

二、真實慘案也有這麼一段經過，是在發現妹妹失蹤後，姊姊慌張地在路上尋找。

和電影裡令人微笑的結局不同，事件裡，隔天即發現身中十六刀、喪生森林的妹妹的屍體。

三、姊姊大受打擊，在警察局做筆錄時，說了很多類似「貓的怪物」、「見到很大的狸貓怪物」等意味不明的話。

四、為讓觀眾稍能接受電影只是慘劇的「變形」，宮崎駿讓電影裡皐月和小梅兩姊妹在後段「失去了影子」。

五、故事中母親療養的七國山病院，其實真實存在，只要在網路上稍微查一下就會知道，該醫院主要收容末期和精神病病患。

六、母親病死的單親家庭設定，也是採用了事件受害者的背景。

七、最後一幕全員變年輕，其實只是以後記方式將生前的景象倒帶重播，硬是做一個happy ending出來。你知道的，要考慮小朋友的心情。

讀到這裡，不管你信不信，至少很多人都信了，信到還傳出有人打電話去吉卜力詢問到底是真是假，而吉卜力的員工還笑著承認了。當然，這所謂的「求證」，很可能也是小說家編出來的，畢竟小說本來就講究以假亂真的功夫，用想像來包裝各種真實感觸、經驗，對外施以痛擊。像櫻桃子就是很好的小說家，先以自傳體讓浮誇的角色都像背後有個原型，演起戲來格外有感，再親自毀掉觀眾都很投入的情境，已經不只是在結尾處來個出人意表的翻轉而已，根本惡質了。

但無論如何，其實我滿喜歡龍貓是個死神的說法，在純真裡找出黑暗面，好像原始而純粹的惡意往往最可怖，因為缺乏來由，即使在裡面受傷了也沒有真正的公道可討。我寫過一篇叫〈死神的陣容〉的文章，描述死神是一個由不同動物組成的團隊，一個分工縝密、各司其職的團隊，且儘管大家的業務範圍和工作量並不相同，但彼此間的地位是無異的，不分隊長或組員。

看了小說家神乎奇技的表演後，我想，如果龍貓加入了這個團隊，大概可以破例拔擢為小隊長吧。再怎麼說，動畫裡設定祂在昭和三十三年（一九五八年）時已經一千三百〇二歲了，換算成大家較熟知的歷史紀年，大約是在唐高宗時代誕生的，論資歷，和另一個著名的動畫死神「柯南」比起來，也是很夠格了。

不過要讓祂負責什麼樣的死亡呢？

不會是病逝。我想我的父親在非常紮實地於醫院臥床了年餘後，是不會甘心跟著龍貓而去的（我幾乎可以想像父親以不屑的語氣說：「派這種東西來接我，是在開玩笑嗎？」）。確實，父親在過世前，可說是非自願地經過了很長一段時間的折磨，年輕時從事並不光采的工作賺得大筆錢財，有時我會想，那大概是一種「還債」的概念吧，而且若以父親為例，那約莫是真還得很徹底，一點也沒欠的同時，還像是禮物般給了我們機會，能擁有漫長的告別。帶走父親的死神好像從很遠的地方出發時，就先打了電報通知我們。大三那年，母親打電話給在外地求學的我通知父親罹癌的消息，記得當時我正騎車要去看電影，講完電話，一時間也不知該調頭回賃居處看能如何消化這噩耗，還是繼續臨時起意的行程。事實上我也確實忘了，但反正就算進了戲院，也是照樣恍惚吧？

徬徨是不可避免的，我自知需要找個人聊聊，便透過彼時還活著的MSN（又是哪個死神帶走它的呢？）敲了高中同學小余。小余是善體人意的人，很快在電腦另一端傳來適度的震驚和關心，在我決定就此打住時，也能看穿我並非真的需要安靜，很有效率地扯開話題讓我分心。當然我們都知道癌症很可能是終點近在眼前的百米短跑，但樂觀點想也可能是超馬競賽，沒必要擔心得太早，但我衷心感謝小余的安慰，一直遠遠近近地持續著，就算我們都不知道該怎麼去看待死神已經在路上一事。

我發現帶走父親的死神很慈悲一事，是在大四那年某個無課的黃昏時刻，小余打電話給我，告訴我余爸爸離開了，永遠。小余確實用了「永遠」這個在其他場合總是被輕易低估的詞，好比「我永遠愛你」，或「我永遠不會再那樣對待自己了」，說的人無論痛下了怎樣的決心，和淡淡然的死亡一比，還是像兒戲。一時間我也說不出任何像樣的話，還傻傻地反覆確認。小余在電話那頭忍不住哽咽，說余爸爸毫無預警地在睡夢中過世了，而我竟只說得出「不要哭了」這種缺乏創意的話。

那可能是我第一次認為世上不該僅有一個死神，出於一種自己很幸運被分到好班的心情，而這樣的想法，年紀愈長體會愈深。出社會後認識的同事，在臉書上悼念著一個陌生的名字，詢問過後，才知道是她一個為了保護妹妹不受恐怖情人搔擾而遭刺殺的學弟。好幾年過去了，同事仍不定期打電話關心學弟的爸媽。

另一個在同公司認識的同事，則是父親前往中國經商，同樣遭人刺殺。

死亡遍地開花，各色各樣，根本像不同藝術家有不同的風格。國中同學的母親出車禍，新聞採訪事故後續，拍到了前往招魂的同學。聽聞此事時，我想到在畢業前一天命喪輪下的高中同學球球，當時正是小余負責打電話通知班上同學，希望大家都可以在最後一天略盡點心意。那時我們都不知道，不過兩三年後，某天我將用MSN告知小余關於父親收到死神電報的事，也不知道，身體健壯的余爸爸竟會早我父親一步先走。

我在想，長大其實並非先收喜帖、再收訃聞那樣動線清楚的過程。長大是從一個生死懵懂的孩子，慢慢學習處理悲歡離合，漸漸變成大人。你看祝福和送別難道不都是一種放手的概念？長大就是學習放手。

如果把世間所有的死亡分類，病逝約莫占最大宗。死神團隊裡業務量最龐大的，是烏龜和豹，兩者都負責牽走帶病的人，但前者懂得留下預告，後者則迅雷不及掩耳。「意外」則是人形死神的專利，反正人類的惡意也是千萬物種裡最為蓬勃旺盛的，其體面冷靜的形象也剛好抵過世間所有對死亡的想像。

還有一位孔雀死神，華麗得像愛情魅惑人心，自殺者譬如殉情、明志，或只是身陷絕境周身黑暗，再無法相信人生有其他蹊徑可走的人，全數歸祂管理。

如此似乎已分配得差不多。俗話說幸福的人生都一樣，不幸的人生卻各有不同，然而說到底，其實最終的結局也就幾項分類，甚至可以全數收攏進我很喜歡的「歸於塵土」說法資料夾裡。

另一個關於死亡非常喜歡的比喻是切．格瓦拉所說的：「被周遭的神祕接收了。」我想這就是最適合龍貓的一種死亡了：全部。既是小隊長，自然是在廣場上等著其他死神領來平靜的靈魂，整好隊伍，化成風進行最後的巡禮，再望一眼人間，交付給神祕，交付給塵土，像祂的辦公室就在巨大的神木底下。我想，關於之後已被官方否認的死神傳說之所以會被創作出來，那棵壯觀的樹應能說是共犯，畢竟是那樣令人敬畏的大自然啊。

父親將要斷氣的那晚，母親、妹妹和我都陪在身邊。距離大三那年死神說要來訪，已經六年多過去，只能猜想祂大概迷路，或因為我無法理解的理由折返了。父親是因為另一個癌症，終於和死神打上照面的。醫生究竟是如何判斷出祂已經悄無聲息地靠近了，我們並不清楚，但那晚，確實就在妹妹和我抵達醫院不久，護士和醫生進入病房待命，為父親接上心電儀，讓死神顯影。

祂只是眨了一下眼睛，心跳成一線，就把人領走了。

那是我距離死神最近的一次，近得能看見護士為父親拆卸氣切管，看見她們拿針縫合父親脖子上的開口，清理祂留下的殘局。此後，我還會聽到很多關於祂們的傳聞和行徑，各式各樣我懂的，以及我不懂的。死神的陣容如此強大，祂們都盯著我，隨時準備出發，包括我還摸不清形體的那些，祂們的眼睛都藏在星空裡面。

時間一到，毛絨絨的死神龍貓就會下來接我飛翔，在那棵大樹上稍作逗留，紀念這再不需要任何願望的時刻。

血小板小朋友

我平衡感不好，學騎腳踏車時摔過好多次，流了血，就回家自己拿雙氧水消毒，再擦現在已難見到的紫藥水。通常在結痂後，開始癢了我就忍不住去摳它，露出好嫩的粉紅色的皮，明明該停了，還不能罷休，直到再次見血。

大概人所有的傷口都是從外圍慢慢往裡頭好，核心的位置總是不容易痊癒。但我也不擔心。不知哪來的衛教卡通《人體大奇航》看過一集「血小板修復之旅」，擬人化的紅血球白血球和血小板各司其職，打擊永遠一副壞人樣的外來細菌和髒汙。我最喜歡長得像「驚訝對話框」的血小板，總是犧牲自己去補洞，築牆擋住傷口，不再讓外敵侵犯。這樣演我就懂了，為什麼會發燒，為什麼會痛，為什麼會打噴嚏，為什麼會抽筋，身體各部門不過盡自己責任努力工作罷了。

我知道身體都知道，也很盡力為我服務，忍受我不睡，忍受我經常跌倒。不知是否看過這卡通的原因，連續熬夜數晚，開始有感冒預感時，有時我會忍不住對自己身體喊話，拜託你再撐一下，千萬不要去按那個感冒的警示鈴啊！我保證，保證週末一定睡到天昏地暗讓你們大放年假的，好嗎？強迫我休息也是沒用的！

但它們經常不理我就是了。和主人一樣，都有夠任性。

害怕被遺棄症候群

小朋友

《小浣熊》是我愛過的第一部卡通。當然日後又愛上許多，愛上了就要認真追，《魔神英雄傳》、《貓咪也瘋狂》、《小熊維尼》、《南方四賤客》……等，都是會認真記住播出時間、播出前五分鐘就乖乖守在電視機前的節目，此後一生，無論吃喝玩樂或相反之事，恐怕都沒有那般規律。

但還是從小就容易窮緊張的人，而且好容易被看穿。一次和同事到香港員工旅遊，一起出發，但各自有不同的必須回辦公室時間，最後一天莫名就自小團體落單了。於是一個人漫無目的亂走，搭公車去海邊（花長時間在那裡看外國人踢足球），吃分量大到驚人的不OK乾燒意麵（還是努力吃完了），去看電影（結果把剛加值過的八達通卡掉在戲院裡），一個人逛超市（買了很多沒見過的各種顏色的酒），一個人在飯店裡對著電視開喝（如果在東京，這就是《愛情不用翻譯》一景了），隔天一早，隨便逛過幾間百貨公司，就趕到機場耗著，其他同事悠悠哉哉現身時，忍不住說：「你很早就來了對吧？」

「大概三個小時了，」我說：「每一間免稅店都逛過了，僅存的港幣也全部貢獻給無印良品了。」

「感覺你就是會擔心沒趕上飛機，結果太早到的人。」同事做出我無法反駁的判斷。

但真是這樣的。之後去京都，去東京，又去了香港，都是這樣，唯有沖繩行回程遇上颱風，航班如遇見人類奔逃的昆蟲在停機坪上來回調度，櫃台前的人龍女鬼頭髮似地披散，亂成一團，差點就害我錯過登機時間。每次聽人分享沒趕上班機夜宿機場的經驗，總想那是和我無關的事，畢竟我老是用盡了全身力氣在避免類似意外發生，透過時間的犧牲換取安全感，也是一種逃避現實的方式，留下大量餘裕如緩衝，確保自己和災難間有足夠的距離。

朋友聽我這樣講，用彷彿學者的語氣說，那就是「害怕被遺棄症候群」了，自己發明莫名其妙的心理疾病就算了，還是個不合邏輯的病：請問，這世上有誰是不怕被遺棄的嗎？

就連小浣熊「皮皮」都怕啊。一開始只是覺得這小浣熊好可愛，和人類的互動好俏皮，為了很傻氣的理由就耽溺了，還不知其實是個非常殘酷的故事。小浣熊因為媽媽遭人類射殺，無法再待在森林了，便由小男孩奧斯卡領養帶回，扮演起父母的角色，見牠太小了無法自己喝牛奶，就拿麥稈當作滴管餵食。看牠漸漸長大就蓋間小樹屋給牠住，還在樹幹上釘木條方便牠攀爬。奧斯卡豢養皮皮，就像小王子豢養狐狸，產生感情，有了依戀，先成為暖暖的喜劇，才有本錢一路往冷冽的悲劇方向演出，賺人熱淚。

果然，皮皮長大後逐漸顯露野蠻本性，經常破壞鄰居的農作物，身價大跌，民調也屢創新低，已不再適合於人類社會生存了。悲傷的奧斯卡划著船帶皮皮回森林，將牠放生，皮皮回頭見奧斯卡沒有跟上來，疑惑不解的哀號叫聲怎麼聽怎麼淒厲。

心都碎了，真的。但碎了還不夠，還要粉碎，我後來又看了在台播映時捨棄了原著名稱「苦兒流浪記」的《咪咪流浪記》，那真是把碎掉的心丟進果汁機打成骨灰一樣隨風撒的慘絕人寰故事，萬里尋母的咪咪帶著三隻狗一隻猴子沿途賣藝，尋找著不知道在哪個天涯的媽媽。這實在太容易讓孩子代入自己的生活了：要是媽媽不見了怎麼辦？我從新莊最遠可以走到哪裡去找她呢？因為到處都隔著河，大概連三重板橋都去不了吧。

但真正讓我難受的，還是小猴子因病過世的安排。那可是咪咪相依為命而且最有吸金能力的夥伴啊！少了牠，這個賣藝團就等於《淘氣阿丹》沒有阿丹，《一休和尚》沒有一休啊！不過小時候的我還沒有這麼勢利，就只是無法接受死亡這件事而已，心想咪咪是殺人放火還是偷拐搶騙了，有必要這樣對待他嗎？做動畫的人未免也太缺乏人性！

然而更沒有人性的還在後頭呢。就在咪咪因失去小猴而哭得死去活來後沒多久，他遇到了小猴二世，滿心歡喜徵召入賣藝團，教牠一切需要懂的把戲，徹底忘了一世的存在，完全就是大江健三郎在生病害怕死亡時，母親給他的安慰：「你要是死了，我就再生你一次，我會把你從出生到現在所看到的、聽到的、讀的書、做的事，全都講給新生下來的你知道，這麼一來，新的你就會像你一樣，兩個孩子是完全一樣的。」

實在太無情了，讓人很想打電話向動保處告狀，說電視裡面有人在虐待動物，然後詛咒咪咪一輩子找不到媽媽。我在臉書上氣憤地披露此事，引起許多共鳴，有朋友補充細節，說小猴一世在生命的最終程，還穿著表演用的軍裝在雪地裡行走，堅持要登台演出，小小的身體不斷發抖，然後牠就死掉了。又有人留言表示賣藝團裡的小狗後來也被狼吃掉，咪咪摸著雪地上白色貴賓狗的毛一直哭，再走幾步又摸到灰色小狗的毛，繼續哭，永生難忘，留下一輩子的陰影。那賣藝團根本天殺的動物屠宰場，接二連三的死亡，到底是想逼死誰呢？

大概就是我吧。不知是否慘到不合理，我沒有追完《咪咪流浪記》，留下了皆大歡喜的結局或者像《小浣熊》以遺憾畫下句點，都無所謂了。原來我從小就懂得以逃避保護自己。事情懸而未決，就還有一絲希望，雖然我不確定心中的「希望」長什麼模樣？

好像我不確定大江健三郎聽到那說法會比較開心嗎？如果我死了，對方找到一個相去不遠的人交往，我會開心嗎？如果我沒死，對方找到一個完美的人在一起，從此過著幸福的快樂的日子，我會開心嗎？

最好的辦法就是不過問，不聯絡，做彼此的陌生人。確保有足夠的距離，確保有足夠的時間。

但朋友還是留言揭開了咪咪的結局，是繼承了巨大的遺產，變成有錢人。

彈平小朋友

和同事討論電影《櫻桃小丸子友情歲月》（「友情歲月」這四個字也太B級港片……），發現原來許多人都有看到眼眶紅的經驗，超級好朋友大野和杉山吵架，真的讓人很寂寞啊。我自己是片尾曲前奏一下就大噴淚了，那時的心情約莫像在感傷時光易逝，類似於「每天下課回家看小丸子的日子已經過去了啊」，覺得自己實在老了。

但算一下時間，根本還不到那樣的年紀嘛，即使年不年輕往往是相對論，所謂的在父母眼中永遠是孩子。三年前辦公室第一次出現小我整整十歲的人，被告知此事的我忍不住站起來看是哪個傢伙年紀輕得光出現就傷人了？結果真的是講的話、穿的衣服、放假日的行程都年輕得令人嫉妒又慶幸。不過，若要和當時看卡通電影看到哭出來的我相比，年輕同事也算是個老人了。

所以確定並非因感嘆青春不再而落淚了。何況我還不是持續地看卡通。

可能是想起了《鬥球兒彈平》吧，那個令我們一票愛死躲避球的男生也愛死了的卡通。那時《爆走兄弟》還未以四驅車開進我們心裡最暢通的跑道，我和名字裡也有個「豪」字的最好朋友劉冠豪也不用為了誰必須當「小烈」而無法「『名』正言順」地當「小豪」吵無聊的架。當然誰當「彈平」誰當「珍念」也是可以吵啦，但珍念在人物設定上完全是以「彈平的小跟班」為軸心畫圓，實在不用爭了，成績又好長得又帥掌管風雲的人，當然就是彈平了。

也沒別人可以挑了。最好的朋友只能有一個，從彈平的角度看，我就只能當珍念，那個在廟裡修行的小和尚。

但也沒有委屈。認識他大概可算是人生的第一個大轉彎，變成一個會視門禁時間為無物的野孩子。小學五年級重新分班，大概成績還不錯，很快被他納為中心團隊的一員，又因為同天生日，家住得近，兩人的妹妹在四年級還同班，自然變成麻吉，是大野和杉山那樣的麻吉，也是小烈和小豪那樣的好兄弟，最後甚至到了老師想使喚其中一人做事，必定得叫上另一個人的程度。掃地區域也休想分開。座位也別想錯開。分組也沒有別的可能。考試名次互有上下，但最多不會差到三名以上（而且都在前十名），沒有作弊，只是月考之前會一起複習、互相出考題，雖然常讀不到二十分鐘就騎腳踏車出去玩了，他有台當時根本小學生界藍寶堅尼的變速車，後輪兩側裝上俗名「火箭筒」的金屬短杆，我就站在上面，雙手搭著他的肩膀四處亂跑。

那時還妄想要畫一張地圖，每個週末都往外擴張一點點，有趣的文具店、好喝的泡沫紅茶店、星期幾的晚上哪個地方會有流動夜市，都一一收編。確實去了滿遠的地方喔，沒有摩托車根本不可能會到的路和巷和街，長大後，發現根本是視線太狹隘，近得再近一點點，就可能遇見同校同學的那種近。

也被帶去當童工。據說是溜冰鞋輪子的其中一項小零件，只能靠人工組合，搞得滿手都是髒髒的油就算了，還在那遇到另一個很愛惡作劇的流氓同學，拿一塊大磁鐵丟在我的工作盤上瞬間毀了兩個小時的作業成果，我默默嚥下口氣重新來過，中午吃飯時間，劉冠豪跑去找對方打架（沒有意外，最後和流氓也變成好朋友）。

也去看電影。生平第一次沒大人帶，兩個人自己搭公車去西門町，看完《武狀元蘇乞兒》就到萬年大樓地下室吃鐵板麵。也去補習，放學後在附近的小店吃碗甜不辣，就到導師家報到，現在想起來招生規模大到必須直接把住宅區小公寓的其中一個房間裝潢成教室，有半面牆那麼大的白板，有和學校無大不同的課桌椅，到底賺了多少錢呢？真的很糟糕。但劉冠豪被父母抓去報名，回家我就說也想去，反而最重要的國中三年完全沒有這念頭，母親當時肯定覺得這孩子徹底搞錯重點吧。

還有更搞錯重點的。某天和另外三個好朋友一起被他慫恿，竟然蹺了課，跑去打電動，錢花完了就沿著那如今已成為停車場和大樓的荷花池走路回家，電影般的場景，現在仍能投影似地在腦中一張一張閃過去。我還記得荷花池裡有許多粉紅色的福壽螺卵，我們因為在書裡讀過，還自以為很憂慮地說這些破壞生態的東西很可惡，撿石頭比賽誰能先砸中牠們。

人生裡最快樂，也最無憂無慮的一段時光。這輩子不可能再擁有那樣泉水般不停湧出的快樂了。

但一回家就出事了。還叫著叔叔的繼父非常火，說老師打電話來問，為什麼沒去上課。我不敢說謊，除了打電動，其餘全部如實招出，連同黨都賣了。趙柏凱、陳志銘、楊鎮謙，繼父要求我把名字寫下來，當然還有他問都不用問的劉冠豪。當下我就知道完蛋了。

他一個一個要我打電話，不向家長打小報告，但同學接過話筒，要馬上交給他。全部的人都說謊了，有「今天還是去補習啊」，有「今天放假」，還有完全不管班上才不可能找五個男生負責的「留在學校做壁報」，繼父聽到後來甚至笑出來，覺得我們竟然連套招都不懂，也是一絕。

只有劉冠豪，一五一十，沒有半點謊言，還直言：「是我提議的。」繼父從此對他留下一百分的印象。

隔天一早劉冠豪就在樓下堵我，拚命道歉，說他真的在電話裡把罪行都擔下來了，希望沒害我挨揍才好。

我說沒有，還報告好消息：「我叔叔說以後可以盡量跟你出去玩沒問題。」

但很快，我們就升上國中，被分到不同的班級去，又各自結交了不同的朋友，三年，我只有第一年買了一張《灌籃高手》的海報當生日禮物送他，他沒準備，放學後拆了腳踏車的火箭筒送我。「我沒腳踏車啊。」我說。「不是那個意思啦，如果只是腳踏車要用的我買新的給你就好啦！這是紀念友情用的。」他說。

但紀念品很快就不見了。我太愛亂丟東西，也不覺得留著那兩根金屬就能記得他多一點。三年很快過去，國三時班上僅有少數幾位同學報名了「完全中學聯招」，還約好一起搭計程車前往，試場上我看見他，自己一個人，有點尷尬，考完第一節課我沒和其他同學出去，他走過來問我考得如何，還是燦爛無敵語氣，他說他一個人來考好無聊喔，我說是你們班上的人太不長進！很快又重新熟悉，但考完所有科目，我還是跟自己班上的朋友搭計程車回家。

最後一次聯絡，是大學一年級時在宿舍接到他的電話，認不得聲音了，但他一報上姓名我馬上傻眼、驚喜、崩潰，三個願望一次滿足：「你怎麼會有我的手機號碼！」他說：「我直接去你家按門鈴問的啊。你爸還記得我吔！」

太厲害了！我佩服不已，也太高興，同時覺得這真是太像他會做的事。但他一說打算辦一次小學的同學會（此即崩潰的原因），我馬上就退縮了，說我再看看有沒有辦法回台北，社團事情很多啊……反正都是些應該被看穿是推托之詞的理由。

但還是被他一直「拜託你來啦！」的簡訊提醒拉回了台北。約在國小大門集合，他先到我家樓下按門鈴，我下樓，讓他騎摩托車載著又去按一堆「不確定能不能去吔」的同學家門鈴。好多人還是選擇裝死不出席，他有點惱怒，我非常尷尬，說：「不要勉強他們了啦。」到小學校門口時，明知道大家都是為同一個目的而來，但每個人都陌生得像一輩子沒有見過。

連劉冠豪也有點陌生了。幾分鐘前還對我抱怨，說：「為什麼不再堅持一下，再叫一下他可能就出來了啊。明明就在家裡，我才不相信他生病。」我記得他以前不是那麼愛生氣的人，有也是對著別人，或和其他學校的學生打棒球輸了留下憤恨的眼淚。唯有一次，我在兩個人一起花錢買的躲避球上，學《鬥球兒彈平》使出「火焰球」時會出現的特色標誌，拿紅色原子筆畫了好醜的五朵火焰。他氣炸了！說我毀了那顆球。我也生氣了，但差不多兩天後就清醒過來，發現那真是太丟臉，二十幾年後當「中二」一詞出現時，我想到的第一個慘例，就是自己活生生的往事。

同學會上，我問他還記不記得這件事，他說有點忘了。那應該就是真的忘了吧。完全中學聯招的事也忘了。我後來才知道他去念了私立高中，卻奇怪走了岔路，和我們高職生一起考四技二專，還考上被我們戲稱為「寧可去當兵」的分數最低校，完全沒有概念地問我那間學校怎麼樣。我笑笑說私立大學都差不多啦。

同學會很快就散了。幾乎沒有人真的待到所謂的最後，連他這個主催者都吃到一半就說要和女朋友去看電影，臨走前還很好笑地拜託趙柏凱載我回家，我說我搭公車就好了沒有關係。

不知道為什麼，在那之後，就真的沒再聯絡了。

02

失業的小魔女琪琪

沒有任何原因，就飛不起來了。在草地上一試再試終於摔斷了掃帚，孤獨一人在房間裡削著木棍的姿態，看來竟有點失去手感的創作者模樣，還堅持著什麼，掙扎著什麼。魔法變弱之後，宅配的工作也只能暫停了，像畫家朋友建議的，什麼也不做，什麼也不做，魔法和靈感自然會詛咒般又登門打擾。

不存在之地

不是Tizzy Bac唱的「什麼事都叫我分心」的日子，也完全不想聽蘇打綠問我「你在煩惱什麼？」最接近的大概是1976的「不合時宜」——明明浸在這世界裡好久了，卻始終沒有進化出新的器官，相反的，部分感官已到了需要長時間休息的時刻，如果可以，就拆卸下來寄到維修中心去，附一張紙條寫：「有點舊了，接收器大概生鏽或零件鬆了，收不到完整的訊號，請幫我保養一下。」

但我不能摘下耳朵，只能繼續生活，概括承擔一切的無法忍受，勉力理解、耐心照料，像看護臥床的家人，即使他或她已失去了主要功能，還是能從回憶中提領無限量的愛。

不過就是把音樂都關掉而已，有什麼大不了？

可是，連書也不想看。深夜經常手癢在網路書店買下以為會看的書，從便利商店領回來就變成了裝飾品，在書架上疊羅漢。三年前就放棄整理了，即使過農曆年有大把洪荒時間也提不起勁，任它們偶爾維持不住陣形崩塌，散場似地四面八方而去，床頭、廁所、衣櫃甚至地板，慢慢侵蝕我的生活。有天忽然興起念頭，想既然整理不成那至少可以把確定不會再看的書賣掉吧，於是掙脫如繩索捆綁我的那些每日每夜無數的待辦公事和不敢辦的私事，很認真把愛過的書如舊情人一本一本上網登記、定價、裝箱，等待有緣人付錢領走。

結果就是書架稍微空了，但房間地上有好幾個紙箱錨定不動，像找來另一條鐵鍊束縛自己。是的，我連打電話叫貨運來把書送去二手書店都懶。

生活就是這樣被不想聽的音樂、不想看的書和丟不掉的往事包圍。然後在終於下定決心出門游泳的時候，下起了午後雷陣雨。

好想逃跑。去一個全新的地方，嘗試做些不像自己的事，在失去耐心前努力讓自己有所完成。但光是這麼想就累了啊。我能完成的，只有思索為什麼如此容易陷入焦躁像陷入一張巨大的懶骨頭沙發，乏力脫身。改變的難處到底是什麼？是肉體的有限嗎？還是恆心無限的時間？或者不動如山的命運？

也是距離吧。我想去一個地方，脫離常軌，突破表面張力後瓦解而溢出往四處去的地方。一個全新之處，像葛奴乙感到氣味清潔單一的山洞，或者電影《可可西里》所描述：「在這裡，你踩的每一步，都可能是地球誕生以來第一次有人在這留下足跡。」

一個地方，超越肉身、時間和命運，像無中生有的美夢總令人獲得偷竊的快感。我想去一個地方，如開一盞燈移動房間的陰影。但那盞燈要夠大、夠亮，開關一按我就旅行似地離開了。像霍爾的移動城堡，只要轉動門上的圓盤——綠色在城堡所在地的荒野，藍色前往港口，紅色去都城，黑色則是覆蓋戰火的神祕夜空，一個只有霍爾知道的地方。女主角蘇菲中了咒術後變成老太婆，進入城堡當清潔婦，即使走起路來像是全身關節都該送去維修，還是忍不住很興奮地轉動圓盤開開關關。

想，如果那門能由我來控制，要開向哪裡呢？

很無聊的時候，就去《來自紅花坂》裡的拉丁區大樓。在1964東京奧運的前一年，除舊布新成為要務，一群學生為了保住做為社團活動中心的大樓，努力清潔、灑掃，相信能扭轉體制的死腦筋，真是無敵正面啊！我尤其喜歡商社老闆依約前往大樓的那一天，隨興和社團學生互動，問天文社的學生都在做什麼研究，學生答：十年來都在觀測太陽黑子，但因為太陽生命很長，人類生命很短，所以沒有任何結論。去了乏人問津的哲學社（沒有遇到朱家安），老闆問：你不想要一間新的社辦嗎？學生直接反問：請問你知道住在木桶裡的哲學家嗎？還好老闆還能笑著回答是第歐根尼。除此之外，還有充滿怪人的高等數學部（沒有遇到賴以威）、根本左派聚集地而且更像校刊社的文藝社（沒有遇到馬世芳）、在電影裡只出現一張海報的古典音樂社（沒有遇到焦元溥）……等，熱鬧非常，也青春非常，來到這裡，應該就不會無聊了吧？

追憶潸然的時候，就隨著卡爾爺爺搭上《天外奇蹟》的木造房屋，讓氫氣球帶著前往那在另一半還能於夢境之外現身時，未及前往的遠方，屋裡裝潢以舊相冊、老家具、過時的日記、愛人無法再撫摸的一切。回憶像是低反發的形而上枕頭，記得腦袋和內容物的形狀，要花很長時間才能遺忘。卡爾爺爺會告訴我嗎？說不用急著難過，因為未來還很長，屋子不會那麼快就降落不存在的峽谷，和瀑布作伴。好好睡覺，傷口會復原得比較快。

充滿疑惑的時候，就去《心之谷》裡的神社，目擊月島雫繞來繞去地指責棒球社的杉村為何要代朋友遞情書給夕子，把她惹哭了呢？杉村不解，根本不懂自己做錯了什麼，要月島直接講清楚。月島只好說了：「你也太遲鈍！夕子喜歡你啊！」只見杉村瞬間臉紅，露出為難的表情，不得已只好鼓起勇氣告白：

「可是我喜歡的人是你啊！」

這下輪到月島臉紅了，要杉村別亂開玩笑，但杉村只是愈來愈咄咄逼人，表示一直以來都是這樣的，這樣佯裝成可以自然互動之好友的喜歡……

怎麼會這樣呢？沒想到自己才最遲鈍，竟然還為了夕子打抱不平去責問杉村，月島雫心想，自己這樣和杉村有什麼不同呢？她愛他愛她，但她愛的又是另一個即將去義大利追夢的天澤聖司。自己的夢想是什麼呢？天賦又能支撐自己走多遠？月島雫代替我，在無解的包圍下，說出更無解的問句。

三個門用完了，還嫌不夠，好險，為了躲避軍隊的徵召，霍爾搬過一次家。搬家之後，綠色依舊荒野，黑色去了另一個仍然只有霍爾才知道的地方，但另外兩扇，黃色去了蘇菲的老家，粉紅色去了霍爾的桃花源小屋。

很沮喪、不想和任何人接觸的時候，我就開去曼哈頓的地下道拜訪竟然是因為核汙染而變種進化的忍者龜，和他們一起吃披薩（希望是乾淨的下水道），商討打敗史瑞德和克朗、攻進反派大本營電子圓宮的戰略。更沮喪、負面能量像守門員把一切安慰都攔下來踢回去的時候，我要去鎌倉站在櫻木花道隔著平交道和赤木晴子對望的位置，看著不遠處的海像一個完美圓形的世界，沒有保留地呼應著日光和愛情，閃閃發亮的海面比什麼寶石都美，是無涉世事的美，是不為成全任何的美，是以絕對力量反映渺小而安慰著人的美。

也可以是，滄桑之後回頭的美。

小學時候，和幾個同學在當時未開發的現在所謂「新莊副都心」，建構了一個祕密基地。說基地，其實不過是炸彈夷平大樓似的殘瓦間，柳暗花明的一處迷你盆地。我們且找來不知為何會出現在附近的磁磚，很認真鋪在泥地上；搬來一個更不懂哪來的壞掉馬桶，放在中間當主席位置，幾個人圍坐，開著根本瞎鬧的會議。像童年一樣，夕陽一現身就準備要離開了，地球此面即將朝向星空，奇怪的遊戲結束，大家回家看卡通，準備晚餐之後寫作業。

不就是霍爾那道神祕的黑色大門嗎：通往童年。那個曾有人在自己和惡魔簽訂合約時大喊：「在未來等我！」的地方，也是收藏純真的地方。那時以為的未來還沒發生，我就一次次打開門，搭上卡通造型的車（也許是龍貓公車或淘氣阿丹的校園巴士），向彼時的自己，提領一點點信心。

即使外人從另一側看著這門，闖進去都只能看見空空如也的房間，也暫時沒關係了。

即使現實的所在地永遠是荒野，也稍微無所謂了。

憂憂小朋友

念高中時有段時間，我因為知道某電視頻道會在清晨時段播放一連串的音樂錄影帶廣告，於是總特別早起，只為了聽其中會播放的幾首歌，如鄭秀文的〈親密關係〉，大約三十秒至一分鐘的片段，MV是用演唱會片段剪輯出來，舞台上的鄭秀文輕鬆隨興，臉上帶著有亮粉的妝，拿著麥克風不大花俏地唱著。我安安靜靜坐在沙發上面對電視機，身上穿著剛剛在房間裡才換好的制服，書包就放在身邊。因為家中的其他成員都還沒起床，我讓電視維持著低音量，挾來窗外剛醒的麻雀所咬出的清脆噪音當小菜，鄭秀文的聲音如常報到，然後結束。

聽完歌，我離開家去趕專車。

但同樣的清晨，還有另外一種電視印象。是一個叫《快樂村》的卡通。每天早起，上學前，電視台會在開始整日不斷電展演千萬人間景色，在利用那所有好的、壞的；新的、舊的；美的、醜的；激動的、淡然的；家裡的、外頭的；此處的、他方的；用盡氣力讓人笑的、想方設法令人哭的……企圖去刺激、引誘人們動員所有情緒呼應、著迷後黏住，就可以賣你廣告了之前——為了不讓刀光劍影的商業活動顯得冰冷，電視台總要盡點像起手式的努力，降低人的防備吧？

所以，在那之前總要暖身般先播出一段十分鐘左右的迷你卡通，而故事主軸永遠不變，正是那名字有夠傻氣的村子，住著一群同樣傻氣的人，洋蔥太太、麵包叔叔和更多同樣莫名其妙的蔬果鮮食兒童。在那裡，每個人都過得很快樂，快樂如散沙各得其所，也快樂成一團互相喜歡，每天都快快樂樂地打退那總要出來鬧一下的壞蛋，等他們狼狽退場後，節目就結束了。

荒謬到了極致，它還有首更為荒謬的主題曲是這樣唱的：「當我們來到這個快樂村／快樂村中快樂多／除了快樂還是快樂／減掉快樂還是快樂／快樂村、快樂村／快樂真快樂／哈哈哈／快樂真快樂／讓我們一起分享這快樂。」

……我想，如果以電影《腦筋急轉彎》的世界觀來看，那就是個把其他人格都拖出去斬了，獨留「樂樂」一人的神經失常狀態吧。

到底在快樂什麼呢？我不懂。現實生活才不是那個樣子吧？每天要上課（那時尚未實施週休二日，每個禮拜六還得上半天課）、作業很多（我經常沒寫被體罰）、考試也很多（成績倒不成問題，還是個小聰明夠用的年紀）……我還記得那時每逢月考，媽媽會在家裡陽台看著我出門上學時，對我說：「加油！」不知是否真有哪來的神祕加持，只要有這句，當天總能考得特別好。

但上了國中，一切都不同了。現實生活真的不是那個樣子的。有段時間，我真是非常不快樂，每天早上起床都不快樂，甚至生氣到狂踢棉被或索性裝病要賴不去上學。到底是什麼事情可以讓人從乖寶寶變成小魔鬼呢？課還是一樣要上（週休二日還是沒來），作業還是一樣很多（因為班導就住在樓上，天天叫我上樓背英文單字兼寫作業，倒是比較難耍賴）、考試也更多（成績開始出現補不起來的漏洞。小聰明像結成冰的果汁一邊融化一邊喝，喝到最後糖分都沒了），國小時最好的幾個朋友都被分到其他班上甚至其他學校，我感覺非常寂寞。

那種寂寞，比忘了是小學三或四年級某天起床，發現客廳桌上有張結婚證書，上頭寫著媽媽和常來家裡拜訪的叔叔的名字，更寂寞。

妹妹問我：「這上面為什麼會有媽媽和叔叔的名字？」我說：「還有阿舅的名字啊，可能是他結婚吧？」但舅舅的名字上面明明寫著證婚人，而且他孩子都有兩個了，那並不是流行先上車後補票的年代。

要到很久以後，才發現那可能是媽媽特地放在桌上讓我們去發現的。

但不用很久，真相就揭曉了。媽媽希望我們可以改掉「叔叔」的稱呼，改叫「爸爸」。真是太難了，無論如何叫不出口，只好稍微取個巧，叫「老爸」。但範圍只有二十幾坪的家裡，以及媽媽和他在場的地方。在那些曾來家裡玩的朋友面前，叔叔還是叔叔，大家有心照不宣的默契。

直到那日，不知為何在學校打電話回家，是他接的電話。已經刻意壓低聲音了，掛了電話後，還是被等在一旁的劉冠豪問：「你改叫爸囉？什麼時候改的？叫得滿順的嘛……」

——忽然就風起雲湧。眾情緒退位，憂憂出現了，且一人獨占大腦控制台。藍色的身體，穿著厚厚的白毛衣，一副大眼鏡，頭髮稍微遮住臉，其實也像《超人特攻隊》裡缺乏自信的巴小倩，覺得不想輸給世界最好的辦法，就是把自己藏起來。

整個國一，就是個同時努力混入人群，又想把自己藏起來的過程。每天帶著憂憂起床，帶著憂憂上學，帶著憂憂吃飯，帶著憂憂回家。我盡可能藏好她，不讓她搞鬼。那時還未有能力使自己（假裝）振作，（假裝）有耐心等待時間來拯救，（假裝）相信一百年後你不是你我不是我。唯有與之和平共處，（假裝）和那個不住在快樂村裡的憂憂是好朋友——

可能也沒那麼戲劇化。沒有風起，也沒有雲湧，我淡淡說：「對啊。」劉冠豪察覺到了什麼，扯開話題，週六下課要不要去打棒球？還是騎腳踏車出去玩？

忘記是否拒絕了，應該沒有，但很快他會交到新朋友，我也會。憂憂藏著藏著會習慣隱蔽，快樂村榮譽市民樂樂會再度探出頭來。很快的，我會迎來最快樂的求學階段：三年的高職生涯。學校遠在淡水，又要更早起了，起床了就坐在客廳看電視醒腦，《快樂村》當然早就沒播了，就算有，也不會在上百台的有線頻道裡選擇一個戲中人物都像嗑藥一樣的麻醉劑節目，而是選擇聽歌。有好聽的歌，把鬧鐘調早五分鐘也無妨。

聽完歌，我打好領帶、出門，趕專車去，在車子一路晃像搖籃的節奏裡也許就睡一下，憂憂偶爾出來打招呼，但因為太睏了，就不理她，這樣睡眠不足過了三年，就上大學了。

永澤小朋友

永澤是經過蛻變的人。我記得一開始看《櫻桃小丸子》，他並不像後來那樣尖酸刻薄，每一句話都以刺傷別人（尤其是他的朋友藤木）為目的，什麼樣的事經過他，都會出現世故的解讀，而所有「不要以為別人不知道你在想什麼」的潛台詞，他也是非說出來不可的，好像憋著就會爆炸一樣。

那在早期因為想著「他家發生火災很可憐啊」的同情，在後期因為他戰力超強的發言，根本消失殆盡。

想起國中時一個總被霸凌的同學。忘了名字，就稱他為永澤二號吧。

永澤二號在開學那天，被隨機分配坐在我的前面。因為大部分同學都從同一所小學的畢業生而來，即使打亂過順序，班上總還有幾位熟面孔，不會讓人太緊張。導師從第一排發下來基本資料表叫大家填寫，永澤二號往後傳時，順口問了我的名字，說他從另一所小學來，都沒有認識的人啊，媽媽叫他要積極點認識新朋友。

因為那時的我還算是一個好相處的人，便把名字寫在一張紙條上給他。

基本資料表上有一欄是「最好的朋友」，我填的當然是已經被分到其他班去的劉冠豪。下課的時候，大家在走廊上認親，另外組成地下班級，和真正的好朋友玩在一塊。放學的時候，也和小學時的朋友一起走。

永澤二號則擔負起每個班上都要有的那個落單角色。而原本孤孤單單不惹人注意，或許也可以平順地走過缺乏存在感的三年，只可惜他的病情實在不可能讓他自然地隱藏起自己。某天上歷史課，他不知發生什麼事，好像被附身，忽然側過身弓起背，對著隔壁的女生瞪大了雙眼，兩隻手還無法控制地僵成一個彎曲的狀態。女同學問我：「他怎麼了？」我說我不知道，「又在搞怪了吧……」非常無奈。因為他實在太常在上課時轉過身和我講話，那時我已經很討厭他。

幾分鐘過去，他像又奪回身體，恢復了意識，卻大夢初醒般突然站起來，走到教室外面去，老師喊他名字也不理。全班都愣住了，這傢伙又在發什麼瘋呢！身為班長的我，只得走到外面去拉他回來，成為全世界唯一近身看見他四處張望不知身在何方的模樣。

下課時我終於忍不住對他說：「你可以不要再製造麻煩了嗎？」他說好。

但大約兩星期後，他就在午飯時間因癲癇發作，滿嘴飯菜地倒在教室後方。那時我和女同學才知道歷史課時原來發生了什麼事，我也更意外發現他竟然在基本資料卡的「最好朋友」欄上填了我的名字。導師把我找去，說：「你是班長，又是他最好的朋友，以後要多照顧他。」因為實在太震驚了，我竟然連辯解都放棄，就接受了這個事實，回到教室後，還沉浸在「我真是個好人啊」的悲壯情懷裡。

不過這個好人當不到一個月，我就和班上大多數的同學一起受夠他了。不知是否出自於某種被揭發的自卑，他經常欺負對他最好的幾個老師。美術老師特別照顧他，他覺得被找麻煩，一次還上課上到一半突然站起來對著老師破口大罵，把老師罵哭了。不給他任何特殊待遇的老師則是因為罰寫的作業太多，他考不好，就當著全班面前把考卷撕了，說：「就是有你這種人，大家才都不想上學！」

永澤二號簡直就是把老師們都當成藤木一樣地攻擊，明明已經是少數願意和他做朋友、照顧他的人了，卻是箭矢亂射。他冷冷地說某老師穿裙子裝年輕真是有夠醜的口吻，就跟卡通裡永澤說藤木就是個卑鄙的人是一模一樣的。

不滿老師被他當眾羞辱，我們開始以各種手段霸凌他。孩子的惡意非常純粹驚人，連心機都不耍，排擠、孤立樣樣來，他負責清潔的區域，總有人跟著拖把抹過的潮溼水痕後方踩；體育課分組競賽，不得不收下他的隊伍總是毫不掩飾地怨聲四起；音樂課上台表演，唯獨他沒有獲得任何掌聲。

放學時，跟劉冠豪分享這些事，他皺著眉頭說：「也不必這樣吧？」卻只讓我更感受到叛離，心想「你沒和他同班，才不懂我的痛苦。」

所以在永澤二號整個人攀在三樓的圍牆上，說大家再逼他就要往下跳時，我也只是站在一段距離外冷眼旁觀，心裡還閃過一絲「真跳下去可就精采了」這種根本地獄直達車對號車票的想法。

直到他辦了休學，在導師辦公室，永澤二號的媽媽來帶他回家，我去送作業時正好看到，彷彿那一刻才意識到他也是個有媽媽的人啊，是別人家裡的孩子啊，油然感到自責，覺得我才是那個自以為得理不饒人、把每個字都磨尖了說出口的永澤吧？

最後一次見到永澤二號，是升上二年級後，在放學路上發現正重讀一年級的他又發作了，大家慌成一團時，已經不是他最好朋友的我馬上跑去隨便抓一個老師過來處理，還傻傻提議要趕快拿枝筆給他咬，還好是個有正確觀念的老師，並沒有照做，只是扶住他的頭，等事情過去，帶他回保健室休息。

陪我看雨

月島雫陪我許願——

打電話問其實也沒住很遠的朋友：「你那邊是不是在下雨？」

開始知道雨其實可以是小範圍的移動式風景，是國三時某天午休，睡不著，很無聊，我趴在桌上東張西望，聽見下雨的聲音，把頭往左邊轉，果然看見雨以驚人的氣勢下著，翻牆過來要打群架似的。但，不對啊！把頭再轉向右邊，中庭仍是一點動靜也沒有，就是個普通的把學生都趕回教室睡覺、自己在那邊放空的乾燥校園。當全班同學都把臉種植在桌面上的那一刻，只有睡不著的我見證了雨的守備範圍邊界，小小的一間教室，兩面窗兩種不同氣候。

那大概也是我接受了自己「資質有限」，顧得了一面窗，管不了另一面的時候。小時候還是可以讓媽媽得意地跟朋友說：「他就是粗心啊，明明會的結果寫錯，掉到第三名。」這種會讓人緣變很差的話，殊不知升上國中後，話只能改成：「他很聽話，就乖乖的。」但其實一點都不乖，放學都往電動間跑，一年暑假，學校為免學生玩瘋了把一年所學都離心力般甩開，特地開辦暑期班，讓我們照樣一週五天進教室上半天課，但我們一群同學每日都天剛亮就到學校附近的泳池報到，在那裡玩把硬幣丟遠看誰撿到的遊戲（經常被救生員吹哨警告），游累了再一起去吃早餐，然後開心上學去。課堂上，數學證明題除了證明我的死腦筋，什麼也算不出來。英文單字背最快的是考試不會考的髒話。歷史只記得電玩也愛用的三國時代，地理整個世界大同，國界都分不清楚。稍微好一點的，大概只有國文，但課本上的塗鴉每每害我挨棍。而以上還是「很聽話，就乖乖的」我才會盡的努力，兩小時前還在泳池競速的朋友，多半不只臉種在桌面上，而且很專心灌溉以口水，夢裡開出好多花。

脾氣很好的老師終於生氣了：「你們就不能放假再去游泳嗎！」椅腳還放著塑膠袋，裡面裝有泳褲泳帽蛙鏡和洗髮精沐浴乳的同學說：「可是我們買了月票，不能浪費。」

這樣怎麼考得上高中呢？趴在桌上的我想起這些事覺得好笑，又有點挫敗地告訴自己，高中聯考就當是暖身，把目標放在高職吧。

大概十秒，雨就伸長了手，把整個校園接殺了。很多年後當我看見《心之谷》一幕極短的過場，視線穿過不大不小接近無聊下著的雨望向教學大樓，心裡忽然升出許多感觸。那些窗戶，那些朗讀課文的聲音，老師用藤條拍打黑板的聲響。再過不久，天澤聖司將走到月島雫的教室找她，同學們意外著一向大而化之的月島竟然交男朋友了嗎？一直起鬨，除了那個告白被拒的杉村，在混亂的教室裡露出哀傷又無所謂的幽微表情，月島拉著聖司的手走到頂樓去。

雨還下著，兩個人只好在簷下講話。

「你也真是的，怎麼在大家面前叫我呢。」

「對不起，但有件事想讓你第一個知道。我爸終於讓步，讓我去義大利修習兩個月了。如果通過爺爺朋友嚴格的訓練，就不用留在日本升學了。我一定會努力，有機會絕對不要放棄。」天澤聖司說出令人心碎的好消息。月島只能失落地問：「什麼時候出發？」

「等護照辦下來就去。」

「太好了，美夢成真了。」月島說著，臉上是和杉村不同的另一種幽微表情，既捨不得，又必須成全，只好佯裝沒關係地開心祝福。

雨幾乎要停了，兩個人走出去，看著天空的雲穿出大洞，陽光像天使的道路鋪下來。「真不錯，你朝著自己理想一步步前進了，我卻像傻瓜一樣只想著要和你上同一所高中……」月島苦笑著說：「你看我多幼稚，只會做白日夢。」擠在樓梯口的同學跌了出來，月島生氣地跑過去追打，卻在回到樓梯間、聖司看不到的地方，默默拭淚。

夏宇寫的：「歲月從來都是這樣一種看不見的狂暴，監視、追蹤，無聲無息的鞭打和壓迫。而我們在鞭打和壓迫中許願戀愛。」

都是離我好遠的事了。夢想、愛情、學生時代。高職畢業都十幾年過去了，我彷彿永遠站到了沒有雨的那一邊。朋友說：「你那邊沒下嗎？我們這邊雨好大。」

我說著彷彿許願：「應該等一下就過來了。」

蘇菲陪我打掃——

睡前忽然降下大雨。

騎車通勤時想，那麼大的雨，當兵時遇過嗎？下成這副德性當然是不可能出操了。在陸總部時，約莫是一批又一批公差派出去打掃餐廳、整理庫房、在中山室擦槍等；移防到中壢某偏遠營區後，則經常坐教室裡上各種令人放空到靈魂出竅的課，或是去掃一輩子掃不完的落葉，像少林寺苦行僧，差別大概只在我們會罵髒話。

若是颱風，除了上述無意義動作，待風雨過去，就是出去收拾被切腹的樹、被介錯的枝。

雨像是一個難得的空檔，是忠誠掩護的鄰兵，讓我們能稍事喘息。唉，天下太平也不過如此吧？雨下得誰和誰都只能暫時休兵。也是夏宇寫的：「聽說住北極的人們，交談方式是把彼此凍成雪塊的聲音帶回去，開一盆爐火，慢慢烤來聽。」在這講究速度、效率的年代，似乎是很不錯的緩衝，凡事慢一步，或許就能少繞許多路。

然而類似的譬喻用在台北，交談的方式大概是換成雨去淋溼對方，或者拍打誰家窗外的屋簷和地面吧？

像昨晚的雨，以暴哭的情緒、不由分說地傾訴委屈。

但也無所謂吵。想起很久前，失戀的朋友來家裡借住一晚，好幾天睡不好了，夜裡大概也在輾轉，當然我是都無知覺。隔天醒來，一通講公事的電話打來，忘了是否很急，總之掛不掉，我很抱歉地講了很久，終於結束時，朋友睡著又轉醒。我說：「抱歉，公司打來的。」朋友說：「沒關係，你在那邊講自己的事，我反而睡得很好。」

是真的。窗外有雨像誰在碎嘴、溝通、吵架時，我也是特別好睡。那是一種世界有事發生，但與我無關的安心感。沉默寧靜當然也好，只是假若心裡有話，就容易滲出來，此時想抵達睡眠彼端，就得自己想辦法把雨水擦乾，才能走過去。

好比《霍爾的移動城堡》裡，清潔婦蘇菲不小心把浴室櫃子的東西弄「整齊」，害霍爾的頭髮染壞了，圍著條浴巾抓著頭髮崩潰跑出來，說：「一切都完了……不美了，活著也沒意思……」頹然喪志得全身冒出綠色黏液，眼看就要傷心死了。可愛的小跟班馬魯克說：「他在召喚黑暗精靈！以前被女孩子甩了的時候也召喚過一次。」一個萬人迷魔法師竟然被愛情牽制到這種地步，簡直廢到好笑。

從來就不是什麼美女，還被下咒成老婦人的蘇菲聽到這話，離開城堡奔入雨中的荒野，開始大哭，心裡想的或許是：「霍爾那傢伙是在傲嬌什麼！」

哭了一陣，馬魯克出來求她回去：「霍爾不大妙啊！你快回去吧。」蘇菲說：「放心吧，鬧彆扭是不會死人的。」回去扛了霍爾去洗澡，嘆口氣說：「又要重新打掃了。」

和蘇菲的狀況不同，但被負面情緒纏身如戀情受挫時，我也喜歡打掃房間。打開窗戶，讓陌生人一般的風進來逛逛。開窗就像儀式，在我逐一收拾因惰性而遺下的生活痕跡，使雜物回歸原位、亂局有所整頓時，一併將房裡的氣息換新，讓這樣一個小小空間不再只是充滿私我的經驗，包括通勤時淋了雨帶回家的水氣，又或者在外和人近身交際時沾染的香水味。它們原先都不屬於這裡，卻因為我而被引入、混雜了，成為我所獨有與逐漸習慣的存在。

打開窗，就迎來了無法控制的交流。因為一直都有點神經質，所以更需要這樣破格的動作，逼我就範於不可能完全秩序井然的世界。換一條通勤路線，光顧一間新的小吃店，都是類似的練習。

終於，掃完也拖完了地，換過床單和枕頭套，椅子上的衣服掛進衣櫥，衣櫥裡的唱片放入收納箱，箱子裡的書擺回書架上。關窗戶，打開除溼機，我感覺煥然一新。

這樣便走過了那些潮溼的路嗎？大雨傾盆一夜好眠的隔日，還是淡淡地想起了這些事。

龍貓陪我等人——

代部隊某學弟留守了一個超多哨勤的假日，為的是端午節能補上積假，奢侈地連休五日，讓母親和妹妹可以放心出國玩。留守的兩天都是一樣天氣，整個白天都是太陽喜歡上誰那樣的熱，黃昏時告白失敗，天空降下細雨安慰，天黑後，哨所的照明燈一開，風一吹，雨就像霧一樣失去方向和重量，飄飛起來。

除非必要，站哨時我絕不穿軍中那素有內外雙溼牌稱號的雨衣，若雨勢真不饒人，躲進哨所裡也有遮風擋雨之效，反正假日進出大門的人不多，我和副哨就在霧裡談天說笑，或者看風景想心事，計算退伍的日子，總是還那麼久。

記得有一班哨，雨勢略微增強，在附近出生、三個多月大的幾隻小狗，竟直接闖進我的哨所躲雨，無論如何都趕不走，用腳輕輕推開，一個失神，又跑回來。後來我決定冒著衛哨失職的險私藏愛犬，只不過那些狗實在是，太．臭．了！我只好像戰敗者棄城遁逃，步出哨所，一邊淋雨一邊遭副哨恥笑：怎麼就不能狠下心拿警棍把牠們全部打跑呢？我心想，警棍其實是拿來對付你這種人的吧？

然而在水霧的包圍下，實在沒法產生真正的怒氣。雨就像四兩撥千斤的魔術師，心情不好的時候我總期待下雨，也期待淋雨，想像站在人來人往的街上，誰手上都一把傘，遮住他們行色匆匆的臉，而我站在雨中，頭髮濡溼，心情暢快，痛快又濫情到不像話。那次站哨，托幾隻小狗的福，總算有類似體驗。

所以說人真的不能亂許願。像誰說的「上帝要懲罰一個人，就滿足他所有的願望。」用站哨站到快成為模仿樹的專家所換來的端午節連假，結果卻是雨雨雨雨雨，一直在下雨，像太陽拒絕安慰，躲起來哭泣，等哭夠了又可以再愛好幾次。母親和妹妹出發旅行前開玩笑般給了我五百元，說剛出院的父親就交給你囉。我和成天躺在床上不是看電視就是睡覺，或者開著電視睡覺的父親待在家裡，覺得自己是個運氣很好但很無聊的看護。

下午的時候，父親說想吃蜂蜜蛋糕，我就撐著傘出去幫他買。自己也想買些東西，動線怎麼排都亂，只好繞來繞去走著。雨打在傘上發出清脆且膨鬆的聲響，完全就是電影裡陪著姊妹倆等車時引起龍貓一陣興奮的聲音。拖鞋走在路上啪噠啪噠如同伴奏，「生活感」三個字忽然冒出來，像雨滴打在水窪濺起髒水，冷冷涼涼貼在小腿上。

如果人生就是忙著做其他計畫時發生的事，那麼生活是什麼？生活就是瞎著等待什麼時發生的事吧。等待取餐，等待下班，等待放假，等待退伍，等待病在體內慢慢地獲得滿足、離開了，等待真相如海水退潮後不及遮掩的裸體出現，等待誰靈光一閃傳了訊息過來問：「要不要和我在一起？」在那之前，生活大概只是生存以上兩公分左右的距離而已，是下雨的時候本能躲進哨所裡的小狗，是公車好不容易來了但等著的人沒在上頭，就繼續等下一班。

是我寫過的所謂「等」：「彷彿聽見上帝說：再一下下。」

也許再一下下，雨就會停了。但還是好想去游泳啊，像幾次游到一半就下起雨來，我並不介意更徹底去親近各式各樣的水。通常是，沒有打雷的話，泳池不會關閉，只不曉得為何，大家仍紛紛離開泳池，索性走人或是在休息區等待雨停，最後，就剩下少數和我抱持相同哲學，認為游泳時下雨其實並無差別，甚至是難得能毫無顧忌淋雨之美好時刻的同類，還在泳池裡傻瓜似地泡著。

這麼一想，又更想到泳池報到了。可下雨的天氣裡買票入場，恐怕會被當瘋子吧？實在太令人沮喪了。

雨仍舊是意志堅強的人期待愛情裡的回音般下著。整個城市都在淋雨。我想要在雨中游泳，我想要在雨中讀書（可能只能讀夏宇的《粉紅色噪音》雖然我讀不懂），我不想等訊息，想在雨中等著一個實實在在的人，再久都沒關係，也許等得夠久，心誠則靈，龍貓會走過來陪伴我。

我想要每個人一生中，都有一次召喚雨的能力。

在最孤單的時候，我就要偷偷地使用它。

陣內一家人

跨年前幾天，日文老師忽然意識到似地，在課堂上哀號，今年無法回日本看「紅白歌合戰」了。基於任何話題都比動詞變化有趣的原則，我們馬上藉題發揮，建議老師可以去一〇一看煙火啊，可以去追日出啊，怎樣都比待在家裡看電視好吧？那畫面太淒涼我不敢想。但老師就像開關被按到一樣，絲毫沒有要停止崩潰的意思，心志像積木底座被抽掉般瓦解，五十音忘得只剩あ（啊）、う（嗚）和く（哭哭）。我們終於理解她說的：「那是傳統啊，從小到大都是這樣過的啊！」真不是說說而已。

也確實如此，想來若今年政府宣布除夕夜不准吃火鍋，不能打麻將，我大概也會喪失心神到五十音只記得一個ぶ（不！）字，包包收一收準備移民。所謂傳統，正是「重複可以讓我幸福」的事，雖然每年都抱怨「愈來愈沒有年味」，但年味究竟是什麼？對我來說，年味就是春節特別節目裡虛假的鑼頭鞭炮聲，還有穿著奇怪刺金繡銀花團錦簇棉襖的藝人，排排站輪流講出滑稽的生肖賀辭，牛轉乾坤、羊羊得意、豬事順利，天底下最俗濫又金玉其外的事恐怕莫過於此，但我仍深愛這俗濫。

不曉得日文老師所想的紅白，是否也有這俗濫的成分在？身為台灣人，大概很難想像一個節目可以從一九五一年做到現在，而且日新又新，絲毫沒有酸腐敗壞的氣味。台灣的過年特別節目就敗壞得很徹底了，但大家也自然接受了特別節目就是特別難看的節目，這幾年甚至初二起就繼續播八點檔連續劇，把年過得像尋常日子的週五，看同樣的演員在假得像辦家家酒的公司、醫院和豪宅裡互相陷害，連推理的過程都省去了，反正壞人都會自動講出在心底暗算的計謀。

唯一不變的，只有隔天新聞台連續十二個鐘頭報時般播放搶頭香新聞。搶頭香的新聞或許就是我們的紅白，而且日新又新，這十幾年來又多了個搶福袋。

第一次知道紅白，或許是《櫻桃小丸子》的介紹吧。說起來《櫻桃小丸子》即使無法像哆啦A夢擔任申奧大使，實在也值得獲頒一個文化交流有功的獎牌，嘉許她如完美間諜，以類似年紀的種種日常滲透進台灣孩童的生活，直到完全愛上那不勵志、不打怪、不加柔焦也沒有什麼特異功能的校園和家庭（除了有錢公子哥花輪，那驚人的財力對小朋友來說或也是一種特異功能了）。有時我想，如果能化身一個卡通人物，過上一年生活，小丸子大概會是最好的選擇。

可不是嗎？假若選了《七龍珠》的悟空，說威風是很威風沒錯，又會龜派氣功又會瞬間移動，變身超級賽亞人還直接省去染髮的費用，但要一直死又復活死又復活地拯救地球，肯定很累。另一個很累的代表是《風之谷》裡的娜烏西卡，為了拯救村莊，要降落在一大群如暴漲河水般抓狂的王蟲之中，掉進那戰鬥力足以在一小時碾平整個國家的失控王蟲堆裡，竟還能留住全屍復活，約莫是小時候見過的十大不可思議事件之一。還有得拖著有氣無力的憂憂回去大腦操控台拯救情緒失調小女孩的《腦筋急轉彎》裡的樂樂，那一路對抗憂鬱的過程，說是董氏基金會的重返快樂宣導影片也不為過。就算是《海底總動員》裡負責被拯救的尼莫，也有必須擔任英雄的時刻。

又或者，《鬥球兒彈平》要忙著變強，才能打倒宿敵二階堂大河。《灌籃高手》的湘北隊忙著全國制霸，《幽遊白書》裡的浦飯幽助擔任靈界偵探之餘，還要拿下暗黑武術大會的冠軍……全是些看起來很帥，但貌似睡眠嚴重不足的傢伙。

那就不要太極端，找些胸無大志的角色好了。比方說《蠟筆小新》，但要像小新那樣時時惹惱別人，其實也不容易吧？《南方四賤客》則是太暗黑，得成天想方設法把髒話和器官塞進對白裡，且就算不當每集都掛掉的阿尼，也要面對朋友每集以不同方式死去……

就算是，就算是小時候最嚮往《湯姆歷險記》裡的湯姆和哈克好了，那麼多年過去，我都還記得他們在草原上奔跑的片頭，和印地安人一起騎馬、乘船破浪的畫面，那麼無拘又快樂。但，為什麼不管去哪，他們總是赤腳呢？在那樣的年代那樣的地方，空氣和治安可能都比我身處的現實好很多，第一次世界大戰還要約半個世紀後才會發生（雖然他們還是很可能得參與美國南北戰爭），但沒有冷暖氣、沒有電視、沒有便利商店、沒有大型購物中心，我怎麼受得了？而這些問題都還排在家裡住著黑奴一事的後面：我哪來的辦法說服自己天生比誰還高貴呢？

果然還是小丸子最好了，那麼懶散，被文明貼身服侍著，每天耗費最多熱量的活動就是作白日夢。當小丸子一年的話，還能以日本人的身分和家人看一次紅白，學了近兩年的日文，就算不是修業旅行，也可以當交換學生了吧？多麼好，在紅白的前幾天，我還能在日本過根本是西方節日但滿城慶祝的耶誕節，在那裡聽日文老師教的山下達郎神曲〈Christmas Eve〉，一定更有感覺，儘管從不上電視的他，自然是不管哪年都不會登上紅白舞台的。

唯一的問題是，那和我自己在台灣度過的童年，實在沒有太多差異，尤其現在每年元旦當晚就會有配好中文字幕的紅白播出，農曆年也要再重播，某年在台北市政府的跨年晚會上，我們一群等著煙火在眼底燦爛噴發的人，還確實和兩千多公里外紅白現場的福山雅治連線了，我去當小丸子做什麼？

這麼辛辛苦苦地設定無聊的遊戲，仔仔細細分析各動畫人物的生活，最後卻落得哪裡也沒去的境地，我有種自己已經是小丸子的錯覺。

什麼都不行，我只有認命。年復一年忠誠地過自己的日子、自己的年，打消和誰交換身分的願望。

所以從除夕前晚公司放人開始，我也就標準作業流程地「預想」著打掃的方法，直到只剩匆匆忙忙完成的時間，不斷聽見母親跳針般怒吼提醒垃圾車最後一趟何時來，只好抓了狂地丟東西，並把書全部從書架上拿下來端詳一番，抽出誤入寶瓶藍書背的聯文黃書背重新上架，並在母親過來「查房」時認真解釋其中的不同，直到她失去耐性。

或者從高鐵年節車票開賣前幾天，就開始尋找能合理不陪母親回鄉下娘家的完美藉口，和母親打太極，同樣打到她失去耐性。但該如何向她解釋，一事無成的人生著實禁不起任何關心，平日種種必要的交際早已把全年陪笑與合群的額度耗盡，過年只想饒了自己，像拒絕過悟空或娜烏西卡那種人生的饒了自己。

直到我看了細田守的《夏日大作戰》。

忽然就反悔了。原來，並沒有拒絕熱鬧的意思，因為那電影裡可觀的家族人口住處，正是我「交換學生妄想」最適合的目的地。

一棟附石砌城牆、古味十足幾可申請為世界遺產的宅邸，住著德川氏發展時期即為武士家族的後代們，陣內家的地方威名從公車站牌名為「陣內前」，即可見一斑，加入Airbnb當房東的話，大概兩年前都不見得能預約到。

但最珍貴的，還是那一家人吧。擺出長桌一家子吃飯，其陣仗幾乎要給人少子化並不嚴重的假象。我不是成長於大家庭的人，往上追溯兩代即可聽聞許多分崩離析的家族史，血緣裡帶著許多前人走過的岔路，小時候還能很親暱喊著的長輩稱謂，也在十幾年內稀釋得在路上撞見能如陌生人擦肩而過。

在陣內家，我既能有現代文明保護，又能過上和台北的家截然不同生活，更重要的，還能獲得從未有過的龐大家族之一員體驗，像電影裡的小磯健二，被女主角夏希抓去當假男友以便向奶奶交代（這還真是放諸四海皆準的世代困擾……），結果才住一天，就因被陷害是破壞了人類高度依賴之網路平台「ＯＺ」的智慧犯，暴露了身分被警察抓住，離去前向大家懺悔，在陣內家真的很開心，因為爸爸派駐外地，媽媽也總忙於工作，經常一個人在家的自己，雖然因故欺騙了大家，但是能和大家一起熱鬧地吃飯、遊戲，是真的很快樂啊。

多麼悲傷的告解，一個渴望家庭溫暖的高二生，跟著可愛的學姊拜訪可愛的家族——這麼一個人事時地都建築於真實的虛構，卻仍像憑空打出全新的世界觀（即使是全片最魔幻的「ＯＺ」遭綁危機，都神似曾經被描繪成末世魔物的千禧蟲；而把各種電子商務、社群網站和遠端遙控系統整合在一起，或也能稍微接近「ＯＺ」的萬能吧？）。

是的，那樂觀、溫暖、彼此包容的家人們，才是根本完美到不真實，像是組合成多工機器的齒輪，彼此精準咬合不卡死，輕輕轉動，就像星盤轉動了整個宇宙。

那也是遭逢災難時最大的力量，像夏希隻身和真正綁架了ＯＺ的邪惡「LOVE MACHINE」（這名字代言起惡意竟有可怕的加乘效果）對戰時，家人即是第一批奉上帳號做為賭金的後盾。

以上都還沒提到他們養了一隻可愛的柴犬呢。也還沒提到為了這場和人工智慧之間的戰爭唱作主題曲的人，正是山下達郎！

和這樣的一家人看紅白，看完去廟裡聽一百零八響的鐘聲消憂解愁丟煩惱，隔日初詣參拜……這ＳＯＰ和台北家裡勉強才能湊出一桌麻將的人口每年走的混亂重複，也是有壓倒性差別的。

然而，一切混亂終將在垃圾車帶著終能下定決定丟棄的身外物離開時，全數解決。當母親把火鍋端上桌，打開電視，所有的怒火都將被澆熄，惰性都將被原諒。再晚一點，我們就要用洗麻將牌的聲音迎接新的一年。

也只是回憶了。妹妹嫁人之後，連麻將也沒得玩了。重複使我幸福，而長大是美好重複的最大阻力。以及成天妄想著去不存在的地方交換學生一整年的念頭。

陣內一家人，也有自己的背叛者，只在重要的日子如奶奶的生日，才假裝巧合地回來。陣內一家人也有包袱，武士的後代不能懦弱，守住這小地方如同守住歷史定位。陣內一家人時間到了就自動自發地回家，讓陣內成為一家人。

我們安慰回不了家的日文老師，這世上有種又苦又甜、可以循環使用的東西叫做回憶，就像「紅白歌合戰會重播啊。」但老師說：「現場凸槌的畫面，重播就剪掉了。live是很重要的事，一定要在那個時間，在那個地方，和家人一起看電視！」拒絕關掉崩潰的開關，順便問大家這個句子的日文怎麼說。

而她愈是崩潰，陣內一家人的面容愈是在腦海裡模糊了形象，變成我家人的樣子。

松崎海小朋友

看《來自紅花坂》，大概很難不想到李安的《飲食男女》或是枝裕和的《橫山家之味》，兩部真人電影都以熟練流暢簡直藝術的料理動作為序幕，那麼日常，卻像節奏踩得很不經意的舞蹈，是雀躍準備著家常盛宴之畫面，連聲音都是迷人的，爽脆的切菜聲、結實的斬骨聲、悶沉擁擠的滷肉聲、熱烈鼓譟的油炸聲……華麗更勝人生滋味，讓家中很少開伙的我，光聽那聲音都覺得身體卡路里正快速流失。

松崎海煮的早餐，則是在擦亮火柴觸動瓦斯燃起火去煮熟那泡了整夜清水的白米後，就去做其他的事當過場，比方說換過父親照片前杯子裡的水、擺正照片旁邊花瓶裡的花、到庭院裡升起那每天每天想像著死於韓戰的父親還能看見的「航行平安」國際信號旗幟（且不知道就在不遠處的海上，有艘拖船載著一個後來以為是同父異母的男孩，也每天升起旗幟回應她）……做著這些事的同時，由手嶌葵那招牌的像沒吃飽的聲音唱的〈早餐歌〉，就像是幕後操刀手般幫她煎好了火腿和蛋、煮好了湯，只剩納豆尚未拌好醬油了。雖然都是非常簡單、好像我也做得出來的食物，搭上歌詞有各類食物狀聲和狀態形容的旋律，仍然是大豬小豬落玉盤，一直叫著「餵食時間還沒到嗎！」

當然，和家人一起吃飯的畫面也令人著迷（雖說也是有像《八月心風暴》裡那種一起吃飯絕對胃絞痛腸子打結的一家人啦……）。不知為何，總覺得使用那些老老的器具煮出來的飯一定特別好吃，比方說小時候過年陪媽媽回雲林娘家，總能吃到外婆用磚灶和大鼎做的料很實在超美味蘿蔔糕，真不是妹妹嫁人後向婆婆討教來現學現賣能比的。

長大後某年春節到台南玩「排隊一日遊」，晚上住朋友老家，看見他奶奶也是用廚房磚灶燒熱水給我們洗澡，非常意外那熱水的溫度竟可以維持好久的我，也不管是不是錯覺，從此相信這些成精的廚具都只是生錯地方，要在日本早就上《料理東西軍》了吧！

然而轉念一想，家中的大同電鍋也快有十多年歷史，在成精的路上修練多時了，即使後來我們又添購了微波爐等更新穎方便的設備，它仍然屹立不搖保有重要地位，越發顯得無法取代，家人也不時拿它來蒸包子饅頭或肉粽，那在鍋緣衝撞著鍋蓋急忙要冒出的白色蒸氣，在寒冷的冬天簡直像幸福本身，飄出看得見的溫暖。每當聽見開關彈起的聲響，幾乎反射性就感到肚子餓，在愛的人事物面前，我們都是帕夫洛夫的制約犬。

父親自從因病開始只能吃接近流質的食物後，家中的電鍋便經常備有一大碗母親幫他準備好的粥，隨時處於保溫狀態，方便他餓了就可以吃。父親成天待在家裡沒事做，總愛利用電鍋熱些有的沒的，問我們餓不餓。我搖搖頭，他便說那就放著保溫，餓了自己去吃。下班回到家，最常聽見他說的第一句話就是電鍋裡有菜，跟他說不餓，他又是同一句「餓了自己去吃」，然後每半小時從房間走出來掀開鍋蓋查看狀況，總要等到我們自動去把飯菜拿出來吃掉或放進冰箱裡，他才安安靜靜把不知原本放在哪裡自己的一碗粥放回電鍋裡，壓下開關，又慢步走回房間。

我始終記得多年前一個晚上，父親說出門買個東西，結果一去就是幾個小時沒回來。那天晚上我待在房裡一直睡不著，看書無法集中精神，音樂也不敢聽，只是把燈亮著胡亂逛一些不知所終的網站。

那時才發現，就算要出門找他，其實也完全不知道他會去哪裡呀。

耳朵一直注意著門外的動靜，不知道幾點的時候終於聽見他開門又關門的聲音，趕緊熄了燈，沉沉睡去。那感覺，就好像聽見電鍋開關彈起的聲音，一點都不華麗，但非常令人安心。

濱崎小朋友

在眾多更有個性的角色裡，濱崎大概算不上《櫻桃小丸子》裡值得一提的角色。雖然那長形的臉、鋸齒狀的牙也算頗具辨識度，偶爾也能講出令眾人額上三條線的（其實很爆笑）發言，但那畢竟是個臥虎藏龍的班級，有講話總是「噗來噗去」的豬太郎、腸胃功能差得呼吸都會肚子痛的山根、卑鄙得甚至擁有了自己主題曲〈卑鄙之歌〉的藤木、喜歡用「總而言之」亂下結論的萬年班長丸尾……很遺憾的，濱崎真的只能是配角中的配角。

事實上，在總共播出超過一千集，之後又拍了四部長篇電影的所有劇情中，真的把他放在中間位置去演出的，恐怕只有一次。那是小丸子一群人去動物園參加寫生比賽，濱崎因為吃梅子飯糰時不小心把梅汁滴在畫紙上而崩潰，不得不改畫鼻子紅紅的馴鹿，結果還誤打誤撞得了獎，連評審都騙倒了，且說整張畫表現最優的地方就是顏色用得很巧妙的馴鹿鼻子，讓畫完北極熊後發現根本只是三個黑點的小丸子，額頭上的線又更多了。

但關於濱崎，我有一個更莫名的記憶。詳細的時間已忘記，只記得是某個生病請假的日子，我在房裡賴著不起床，聽見那時應該不知失業了沒的父親在客廳看卡通重播，有一幕濱崎的臉變成四根小黃瓜的畫面，父親看到大笑出聲，我在房間裡忽然覺得很溫暖，因為那正是我前一天晚上看到笑出來的橋段，覺得父親竟和我有一樣的笑點啊。

那時的我，應該還是有點害怕繼父的。其實，一直都知道他對我和妹妹很好，但就仍是個不知從哪冒出來的陌生人。記得他剛成為家庭成員時，每次出門工作，我都會一直問他什麼時候回來，好像很捨不得，其實是在確認自己可以有幾天不用見到他。他每次回來都會帶禮物，我也很喜歡那些禮物，像是可以摺成一隻企鵝和一隻鴨子的棉被什麼的，或是一截真正的、自己鋸一小縫的竹節存錢筒，但心裡還是忍不住想，如果只有禮物回來該有多好啊。

如今回憶此事，才知道有多傻。小孩子怎麼可能騙過大人呢？我們畢竟不是配角中的配角、不被真心注視的濱崎，演技也不渾然天成像一滴意外的梅汁轉世成馴鹿的鼻子，想來是破綻百出的作態和虛偽吧。但父親也不趕，就是慢慢來，很清楚親情是急不得的。另一個也很溫暖的記憶是《哈利波特》第四集出版時，他看新聞一直報，報不停，報不用錢，就問我：「你有看嗎？」其實那時我已經不很期待了，但就是隨口敷衍他：「有啊。」結果他就默默出門買了一本，裝在紅白塑膠袋裡掛在我房門的門把上。

很多記憶就這樣連結起來。在他數度進出醫院，且在醫院時間一次次比在家時間長的那幾年，《哈利波特》最後一集出版了，記得《蘋果日報》還做了整版上下顛倒的版面公布結局，母親轉來轉去問：「怎麼會出這種錯？」連躺在病床上的父親都忍不住好奇了：「這應該是印錯了吧……可是上面又是對的……」我只好耐心解釋何謂「防雷」，當然他們是一點都不在意也沒興趣就是了。

也有些記憶單獨存在，強壯得光是想起就能將人擊倒，倒數讀秒了還是一動也不能動，徹底死絕。那是他腳受傷不是很好走路的時候，一次在家裡發脾氣，說為什麼垃圾車來了還不去倒垃圾呢？我正在看電視，且記得垃圾不多，就略微不耐地說：「不是昨天才倒過嗎？」但他正值自尊心不容挑戰的初期廢人階段，一下子就在怒火底下添了無數薪柴，氣呼呼地自己把垃圾袋綁一綁就一跛一跛地出門了。聽垃圾車唱歌的聲音是絕對來不及的，但我還是坐在沙發上冷眼看著他出門，從五樓一階一階地走下樓倒垃圾。

肯定會有報應的吧？經常想到這件事，就是我的報應。

不存在的自己

很奇怪，加上以錄影帶形式發行而不直接在電視播出的部分，一共演了將近一百五十集的《魔神英雄傳》，真正還能讓我釣出深刻印象的，竟然是其中最不歡樂，甚至有點無聊的「找愛任務」。怎麼會這個樣子呢？簡直像投資失敗了。明明幾乎每一集都有華麗的戰爭畫面，讓我甘心付出許多在當時並不值錢的時間不是嗎？明明是那樣充滿了以格鬥技戰勝敵人，或仰賴對手接近天然呆的鬆懈時刻罩門大開，便可以一舉智取的逆轉勝時刻……明明是一部「美好得不像話」的卡通不是嗎？

為什麼不能像是《絕對無敵雷神王》那樣，記得的畫面都是當地球遇上危機，陽昇國小的同學立馬出面解決，瞬間校舍翻倒、泳池水退、操場位移，巨大的機器人紛紛現形，而負責操控的基地就是五年三班的教室，課桌椅都變成像電影裡的NASA形象，有滿滿的神祕按鍵和螢幕，輕輕一壓，機器人就揮出右拳或者騰空飛起。

為什麼不是記得這類榮光耀眼的甜食場面，而偏偏是硬拆散了英雄團體，要求每個角色輪流「回到過去」去找到生命中的「愛」，才能繼續前進解救蒼生的關卡？

這樣的題目，對小朋友來說真的不會太嚴肅嗎？

顯然需要個對照組，比方說長大成人的我，還真的，每次說到「愛」，總難免要感覺被假鑽光芒刺傷的尷尬，必得十分迂迴地借來一點亮度驅逐陰影，或東西南北借喻，四面八方影射……或許對孩子來說，在那時候談論愛，反而是更加理直氣壯的吧？

第一個出發的，是樂天得幾近異常、爸爸是隻猴子的喜美。在空無一人的城堡裡逐漸因寂寞而失去了根本開外掛不會間斷的笑容，疑惑大家怎麼都不見了的同時，反而在空曠的場景裡發現自己最珍惜的愛，即是「友情」。

——曾經被形容為「心防築得天高」的我，大概是沒什麼資格談論友情吧。也確實是，友情除了酒肉，以及再往上一階的義氣、無條件的相挺等，應該還有某種類似依靠的信賴，以及不害羞的表態。這對扭捏的我來說著實是太難了。

再來是酷酷的少年卡比西，回到自己出生前，忽然獲得了扭轉局勢的機會，可以去協助因為沒有捕到大魚而被村民嘲笑為窩囊廢的父親。那是一整個遭受霸凌、慘淡童年的關鍵，如果能回到那一刻，和父親一起殺死那尾毀了彼此一生的魚，也許就能獲得一份「不再憎恨父親」的禮物，可以從此在愛的同時，不再遺憾父親的不夠完美。

可惜的是，已經很努力了，卻還是讓大魚逃跑了。是父親親手放走的。原來是發現了大魚也有新的生命正要守護，就和他腹中正懷著卡比西的妻子一樣。他且用這位不知哪來的少年為自己的孩子命名。誤解冰釋總是很感人的，「被當成廢物也無妨」的理解心情，終於讓他對父親的愛不再有所保留。

——如果可以，我也想回頭以大人對大人的身分質問父親，你那時為何要外遇呢？為什麼要像個不成熟的孩子一天到晚逃家呢？問問繼父，你為什麼要酗酒呢？為什麼要拿男人的自尊心折磨每一個人，讓大家都為你的失敗付出代價呢？並不相信會有答案的我，也是沒條件多說的。

接下來找愛的，還有回頭追憶一段美麗愛情的大鳥先生，瞭解死亡並不會改變曾經燦爛的事實，記得即存在，即延續。雙刀流大師甘錫巴則從劍法中悟道，瞭解了武術的真諦不在傷害，而是守護。

——更不用多說了，關於愛情和守護，我懂得實在不比任何人多，何況那總是各人有各人的迷宮，能找到這個出口，不代表就能擔任導遊。這大概是多數對兩性作家有所不滿的眾人之心理障礙吧？

最後是主角孫達陸。身為一個普通世界裡小學四年級的學生，一夕之間成為救世主，找尋愛的地點就在世界毀滅的前一天，要為海上閃耀的光芒下定義，究竟是世界的黃昏或清晨？就在被「being the one」的孤單襲擊找不到掩護之際，與他一起戰鬥的龍王號向他承諾，無論如何，會一直陪在他身邊。這一段，是所有找愛的人當中敘述得最幽微的，他找到的愛，或許就是鬆動對接下使命一事的懷疑，更勇敢去為世界戰鬥吧？

——寫過一本書叫《昨天是世界末日》的我，這答案大概是很明顯了。別說不想為世界戰鬥，要是手邊有一個能讓地球馬上爆炸的按鈕，我肯定會毫不猶豫地按下去（由此可見，我也不適合擔任「五年三班」的成員，最多就是做個「不想當好人」的臥底）。

淨是些非常老套的路數。相較之下，《綠野仙蹤》裡的稻草人追求智慧，機器人追求心臟，獅子追求勇氣，桃樂絲想要回家，就比較有詮釋的空間，能夠延伸出龐大的隱喻系統，介入每一個自覺不足的靈魂。

也都是我需要的。智慧，心臟，勇氣和回家。但還是不免好奇作者是如何像抓周一樣選定了這四樣，其他的難道就不重要嗎？《魔神英雄傳》找的那些「愛」又在排名中的哪些位置？或是那四樣就統包了所有的工程，是做為一個人必須有的品質和想望？

可以確定的是，真實世界裡以優閒看卡通的時間換來緩慢爬行的寫字，或待在辦公室裡死盯著螢幕其實不確定自己對世界貢獻為何的工作，種種換得物質豐足的辦法，都不是正常卡通該教導小孩追尋的東西。

那到底什麼才是正常卡通？《綠野仙蹤》片頭裡那長大後看根本像四個被附身的邪門娃娃在路上走著，就是正常的嗎？讓孩子「找愛」，就是正常的嗎？

為什麼非得要少了什麼，尋找著什麼？好像人皆無法獨立完整，每天保守住自己就好了。在地心引力終將把人拋物線般往下拉的世界，光是延緩失事墜毀都好累了，為什麼還要強行灌注這類價值觀到孩子的身上呢？

也沒有不好。不確信還有一部分的自己流落在外，只怕生活的無力感將要更張牙舞爪地吞食天地了。借用村上春樹的短篇小說篇名〈不管是哪裡，只要能找到那個的地方〉，就算什麼都沒有找到，就算什麼也不可能找到，沒有那個並不存在的自己，已經有的部分，大概也無法成立了吧？

03

天空之城毀滅那一刻

再如何高科技，也敵不過一句咒語。好不容易才如睡美人等到王子、終於轉醒的機器大軍，也紛紛失去動能癱倒。飄浮在空中的城堡底部崩潰，嘔出大量的珠玉寶石，都像垃圾被傾入大洋裡，花好長好長的時間，終於觸碰到海底。

跩妹黛薇兒小朋友

高三那年，為了多少混間還可以的學校念，很認真補了一年習。每天的行程約莫是早上六點前起床，趕六點半左右的專車，從新莊一路接人，最後到五股，全部到齊了，就一路開至淡水商工。看起來很緊張的一日之始，其實算還可以了，如果沒趕上專車，自己搭又繞路又慢速的公車到淡水捷運站，還要再等其他也一臉疲憊的同校生湊一台計程車上山，多半已曠課一節，所以我通常是連最起碼的努力都放棄，直接就請假了。

上課直至下午三點五十分，住宿的回宿舍，搭專車的就依不同車別各自集合，且相當有效率，因為先到齊的車可以先出發，會車十分困難的坡道往往晚五分鐘就塞住了，誰貪圖和朋友多聊兩句，後果就是害全車的人都晚十幾分鐘回家。畢業好多年了我還常夢見沒趕上回家專車的情景，一路往山坡下奔跑，但怎樣都找不到自己的車。

也不是早離開就沒事的。一過五股就塞住了。從泰山交流道往新莊，愈接近輔大門前的中正路，愈是車行滯礙，正在蓋捷運的緣故。四點離開了淡水，經常要五點多才能到新莊，下了車，再轉公車到板橋，買了滷味或煎包進補習班吃，六點四十分上課前吃完就可以。

九點五十分下課，搭公車回新莊，再步行回家，都快十一點了。洗了澡，電腦不用開，書也不用看，身體碰到九又四分之三月台般的床，馬上跌進異世界。

週六則一早到補習班，五點放學。週日放假，隔天重新再來。

已經是無法想像怎麼撐過來的日子，竟然還非常愉快。明明嚴格的課程甚至是幾次點名未到直接退學不退費，壓力很大啊。唯一稍有喘息的日子是剛開始補習不久，九二一大地震後好長一段日子輪流供電，補習班只能配合，真的開不成冷氣也開不成燈，班導才會非常不甘心地放人，強調將另找假日補課。

沒推甄上中原大學，繼續準備聯考，繳了少少續杯似的費用，每天進補習班自習、考試、自習、考試。

然後我就無預警流鼻血了。米色短褲血跡斑斑，逃出教室時還引起小小的騷動。臉皮太薄了，中午吃過飯我跟同學說，我不會再回去了。接下來我在家自己念。

結果每天早上都在看MTV頻道播出的《踢妹黛薇兒》，假練習英文之名，行打混之實。黛薇兒不同於所有看過的卡通角色，非常消極厭世，極端不合群，對身邊凡俗追求的戀愛、升學和注目都非常不屑，也幾乎不在意任何人眼光，不熱血挑戰極限，或刻意佯裝不在乎，且永遠能在想太多的前一秒急踩煞車，默默轉身離去，簡直是我的人生導師。多年後看了電影《鴻孕當頭》，覺得那女主角根本就是稍微好相處一點的黛薇兒。

太欣賞她了，我還上官網載了圖片設成電腦桌面。還仔細研究每個角色設定，看討論區的網友留言。

當然就沒考到理想的分數了。但心裡明白，不看電視也上不了什麼有名大學的。拚命念書的話，那年盛夏來臨前可會留下任何值得考古的踏痕？

接受自己的有限，會不會就是高中三年那麼快樂的原因？

可愛療癒系

蠟筆小新——

打敗了笨蛋大雄、懶鬼小丸子、花痴美環和音痴胖虎，蠟筆小新拿下了「最不想和他當家人的動畫人物」票選第一名。該說是意外還是不意外呢？想當初《蠟筆小新》因為一句「爸媽在玩摔角遊戲」的台詞，被忘了哪來的衛道或政治團體開記者會指責，結果意外走紅的時候，我還想：「真是一個可愛的孩子啊，臉好好捏的樣子，好想養他！」怎麼會想到有一天，他竟被認為最好是永遠待在二次元，千萬別出來害人的角色。

也可能只有我沒有太認真思考這個問題吧？也可能很多事情還是避重就輕得好吧？

成天把「大象」露出來、回家時大喊「你回來了！」、在外頭彷彿能讀心般講出他人內心謎之音的孩子，真要當成家人，果然還是太勉強了嗎……

那還是養小新的寵物小白好了，軟綿綿像長了腳的綿花糖或雲朵，應該真的很可愛了吧？

但還是希望日本人不要做「最不想養牠當寵物」的投票活動。太殘忍了嘛，但也還好，排名至少會贏過賤狗吧？

安西教練——

《灌籃高手》裡的魔鬼教頭安西教練從良後，平時安安靜靜不怎麼說話，卻能指揮若定地調派選手、安排戰術，絕對是真人不露相的代表人物之一，即使櫻木花道老是用掌心拍擊他豐肥如鮪魚肚的胖下巴，也不動聲色，讓尊敬他的三井壽出來阻止，或隊長赤木剛憲出面解決就好了。

但，如果真有機會能遇見真人化的安西教練，我是絕對要放棄撫弄他下巴的機會，改而對著他說出一直以來渴求卻不可得之心願的。

對啦，我就是要模仿因受傷而黯然退場，最後變成流氓，且特別對那些擁有自己以前也好風光享受著球場時光的籃球員有意見，終於和湘北籃球隊的人打成一團的三井壽，在看見昔日恩師安西教練出現時，終於忍不住跪下來哭著對他說：「我想打籃球……」

當然是個超級名場景，能那樣釋放真我不知羞恥地說出欲望之事，怎可能不是個值得記住一輩子的事？

杯麵——

沒有更療癒的可能了，如果可以擁有《大英雄天團》裡的空氣人形「杯麵」，全天候照顧我的身心健康，在我滿意之前絕不關機，認真測量我的體溫心跳瞳孔表情，分析種種數據後做出精準判斷，給我一個擁抱。

還長得那麼可愛。胖胖的身軀，有彈性的乳白色塑膠布面能加溫也能冰鎮，也能改造成戰鬥型機器人，傻傻一心為人的自言自語也天真好笑。總之是個雖無生命，卻非常真實的陪伴。陪伴本來就是療癒系之基礎入門款，但要做得好也是很困難的。

不過，會不會更療癒的，其實是試著擔任杯麵角色？可惜我不擅閱讀空氣，也無醫學背景知識，沒法知道對方需要什麼，適時給遞一杯熱茶或一顆枕頭。我只能張開雙臂，任何時候需要擁抱的時候，請儘管過來領取。

滿意之前，不會關機。

必要的時刻，也願意改變自己為你服務的決心，藉由停止動作，讓你無負擔離去。

克里斯多福羅賓小朋友

小時候看《小熊維尼》，每次聽到慵懶像一塊麻糬的維尼提及「克里斯多福羅賓」，都驚訝他們怎麼記得住這麼長的名字！唸起來又好聽，沒有一次不是溫柔、興奮與充滿期待的語氣，森林裡每個動物都暗戀著克里斯多福羅賓似的。

稍微大一點才想到，該驚訝的難道不是跳跳虎怎麼沒像理察帕克（或少年Pi）一樣把大家都吃掉嗎？還有克里斯多福羅賓為什麼可以一個人往森林裡跑都不會被家人攔阻？不怕遇到大野狼或糖果屋食人族老太婆或小王子的蛇嗎？

後來才發現，克里斯多福羅賓的父親，就是《小熊維尼》的創作者。他以自己兒子的玩偶們為原型，創作出這群快要走紅一百年的森林系角色。果然，現實生活中被作者深深愛著的人，進到作品裡都能享有各種特權，就算那個人很壞也沒關係，寫作的人都很會為難自己。

我還依稀記得看《小熊維尼》的那些日子，暑假、白天，忘了何故家中總是只有我一個人，非常奢侈地獨占客廳，打開電視就轉到剛從迪斯耐正名為迪士尼的頻道，一邊接受虛擬森林的洗禮，一邊吃美味到驚人的漢堡。

呆萌小熊維尼、膽小的小豬、陰沉的驢子和有點勢利的瑞比兔，就這樣和已經再買不到的漢堡，有了不可思議的連結。

/

和完美的漢堡相反，我有一個廚藝差到驚人的母親。在家吃飯，總是重於吃飽多過吃好，有時甚至只是「打發」，好像時間到了，那也不妨吃一下吧。母親從廚房端出隨意烹煮的「大雜麵」或「大雜粥」，多是些光想就飽了的食物。所謂「大雜」，其實就是隨意加入冰箱能取得之食材，有瘦肉放瘦肉，有丸子丟丸子，像是永遠備著以防不時之需的高麗菜切成片、冰箱門僅小小一包卻已經像用之不竭的蝦米也撒入鍋中，再加上母親或許一時興起到便利商店買來的海底雞罐頭，大火一路煮沸煮爛，即大功告成。

再沒有更不講究的料理了。奇怪的是，上桌後，我和妹妹在碗裡拌入沙茶醬，也常能吃下兩三碗。確實，我們一家都吃重鹹，什麼東西拌點沙茶醬，即畫龍點睛有了神，就算知道不健康，就算知道熱量高，但吃飯本來就不是以自制為中心題旨的活動，吃飯能夠自制，健保局都年年有餘，小熊維尼也不會冒險採摘蜂巢了。

倒是沒有遺傳到生父嗜辣的習性。我對生父的印象，略過狠挨過幾次被拿皮帶抽打的恐怖經驗，幾乎已無其他，除了一次他帶我去洗三溫暖，當時我不過五、六歲吧，被牽著去哪就去哪，走馬看花不曾留心，唯有一幕他吃著牛肉麵，大咬一口整條未切的生辣椒在嘴裡嚼了嚼後，捧起大碗喝湯一口吞下的畫面，鮮明得不像只發生過一次。

所以口味大概還是「訓練」出來的吧？我和生父相處時間不多，一來他早逝，再者生前時常失蹤，消失後就幾個月不見，然而靠著幾次體罰記憶，大抵還是能推算出是個當我噙著淚說「我不想吃辣」時，會說「不吃就關廁所一個小時」的納粹爸爸。

但負責訓練他的奶奶，又不是個無辣不歡者。我還記得她親手為我魔術般變出來的兩道窮人料理，其中一道起因於我吃不起每天放學必經的鹽酥雞攤，雖然可以偷偷省下零用錢，但還是無法應付經常的嘴饞，只好向奶奶伸手，結果被追問小孩要錢是要去外面打電動嗎？為求清白只好表明用途，沒有閒錢的她便親自下廚做出一道「九層塔蛋」，叫我試試。一吃，嚇一跳，怎麼味道這麼像！後來才知道原來鹽酥雞的某種特殊香氣來自於九層塔，難怪能迷惑我的味覺。

另一道已難考究的料理，則是時至今日仍感覺神祕的甜品，只記得製作方法，是先取適量太白粉倒進大大的瓷碗公裡，加入適量的水略攪拌，置一旁備用，等燒好開水，在滾沸的剎那不關火就提起水壺朝碗裡倒熱水，待如核爆的蕈狀雲團冒出之白霧散去，只見碗裡湯湯水水滾著幾顆太白粉糊芡成的大小圓球，有如透明湯圓，最後再依個人口味濃淡，加入砂糖即可食用，是我和妹妹從小吃到大，以取代布丁果凍之類甜食的聖品。

因為做法簡單，奶奶過世後，我曾動手沖過幾回，無奈都失敗收場，沖出滿碗的黏稠芡湯，完全無法食用，硬是摻了砂糖吃起來也非常噁心，像吃一碗口水。我猜想自己肯定錯過了某重要製作步驟，也曾向幾個朋友提起，但唯一獲得有效回響的一次，也不是真獲得手法，只是知道了這料理似乎來自宜蘭一帶，也果然是因為貧窮而誕生的「應變之作」。

但就我所知，奶奶這邊的親系應該不是從宜蘭遷居台北，不過這問題在母親改嫁，而我與親生父系的家屬多半斷聯後，已難得其解。

/

其實不能怪母親。

很長一段時間，她一人照顧兩個孩子，白天的工作薪水不如大夜班，就換。也曾經像鳴槍起跑、一點遲疑都不允許的天色剛亮時刻，跑去清潔那時數量還夠撐起一份工作的公共電話。從來沒想過公共電話也是要擦的，以量計價，擦到人們如喪屍紛紛起床，她才也如喪屍回家睡覺。

自然不可能有空閒時間看傅培梅學做菜的。

也無法再幫我們準備早餐了。

多年後在路上遇到賣漢堡的阿姨，都要莫名被規勸，你們長大了，要對你媽好一點啊，她很辛苦。「我知道啦。」我說，就算她煮的東西很難吃也沒關係，被愛著的人都有絕對的豁免權啊，寫作的人都很會為難自己，但這其實一點都不為難。

不會煮，就用買的。很小很小的時候，那時我們還住在爸爸愛搞失蹤的租屋。早上起床，我跟著媽媽，她一手牽我，一手提著個大大的老舊鋁製水壺，下樓往巷子一端走去，經過現已不在的小廟（神明也搬家了？），經過一早就上班、穿著一件白色薄背心的廟公（背心上也許有幾個被香燒破的洞），經過在大樹影子下打哈欠的狗，經過那接下來會在廟旁下一整天象棋的阿伯們，終於走到那由一對中年夫妻共同經營的小早餐店。

媽媽將水壺遞給老闆娘，開始點餐。總是最受歡迎的蛋餅數枚。我好喜歡看老闆製作蛋餅，整個早上，他就是不間斷地煎著蛋餅，手法純熟沒有任何多餘動作。打蛋進鋼杯，加入蔥和佐料，用長筷子攪拌，把蛋液鋪到鐵板上，覆上餅皮。等待途中，上一批翻過面的已煎至微焦，好像再多一秒就要燒出黑洞時，就摺衣服般用扁鏟摺成長條形，切段、置塑膠袋，再淋上甜辣醬，交給生產線下游的妻子，繼續重複以上動作。

等到其他的饅頭和包子也一一從透明蒸箱裡被取出，銀貨兩訖後，我和母親就收穫滿滿地回家，讓家人們螞蟻排隊走向糖蜜一樣聚集過來，翻動塑膠袋，找出自己點的那一份。

然後就是一人拿一個碗，讓媽媽提著水壺灌溉般把熱得冒煙的豆漿分給大家。

搬家之後，再也沒有那樣吃過早餐。搬家後不久，父親就過世了。搬家後的某個假日上午，我一個人在客廳裡看《小熊維尼》，吃著漢堡，聽著小熊小豬小老虎小兔兔們親密喊著克里斯多福羅賓的名字，圍過去，和他擁抱。那真是一個好幸福可愛的世界，煩惱的事情都很快變成回憶，也不用釋疑、也不用釋懷，那是一個為所愛之人創造出的森林，是所有動物們的家。

跟胡迪無關的事

我要向我的朋友阿源道歉。

事情要從他那天敲我LINE說起。是個尋常工作日，天氣、新聞大概都沒什麼好值得記憶，或也是太無聊了，他忽然問我：「小恩最近好像很慘？」小恩是我們臉書上的共同友人，在公關公司上班，平日以精準解剖演藝圈怪現象收集讚數，不見得有什麼道理，但臉書上同溫層對道理的要求一向不高，要嘛有張好看的臉，在櫥窗般的塗鴉牆展示，要嘛寫的字能挑出眾人心裡有感但說不明白的坑疤，只要能令人發出「對！我也是！」的驚嘆，讚數就造山般累積起來了。

小恩某程度上算兩邊都有條件，但容貌和文采是兩種不同脆弱，前者保存期限不長，後者愛用的人不多，尤其在百花齊放的社群網站，文字的競爭者不只文字，還有相片、畫作、動圖甚至直播，很容易就被當成過場忽略，是手搖飲料店裡烏龍茶般的存在。然而，有才華的人大抵都捨不得放著不用吧？因此小恩還是習慣以寫字表達自己，多過於使用寫真。

這樣的小恩，前陣子忽然崩壞般連續發出被一樁情事重壓的哀號。有淒清的領悟，「下了班，不知道去哪裡才可以不再想他。情歌裡寫的無處可逃都是真的。」有忽然振作起來的立誓，「給我三個月，三個月成為一個更好的、配得上你的人！」有再度急轉直下的自棄，「每天這麼努力活著、賺錢，到底都是為了什麼？」當然也不乏各種不明所以的傷春悲秋，「失眠了。再累都睡不著。很苦、很提神，想你就像喝咖啡。」如此反覆，一天可以有近十則，怨念幾乎像貞子一樣能從螢幕跑出來，露出一隻眼睛瞪著每個人。

瞪著那個幾年前也走過一樣的路，把臉書當成死亡筆記本在使用的我。自從臉書推出「我的這一天」功能，每日我都忍不住回頭查看足跡，將近整整半年，時不時就要冒出慘情到能滲出血水的文字。多半時候我會留著，不為了提醒，反正結好的痂就像刺青寫在身體上，不可能忘記。有時我會刪掉，不為了遺忘，世上如果有什麼曾經如火炙烈，但燒盡後絲毫不造成地球負擔的，絕非愛意莫屬。

除了一個被丟掉的大型垃圾。

一個被玩膩的玩具，就像《玩具總動員》第一集因小主人安弟有了新歡而遭冷落的胡迪，第二集高唱〈When she loved me〉、甚至喪失了信任人類之能力的翠絲，第三集無法跟著安弟去念大學，結果全數流落托兒所的玩具們。失戀的人就有這種能力，管他主題是童年、友情、成長，映在溼溼的眼裡全部貼合住難堪的往事。因為曾有過那樣身體像布偶被撕裂、內裡像棉花被扯出來的經驗，連帶著對所有遭棄或不再被愛的物品，產生了過分的同情。

然而，當阿源那樣問我時，我在螢幕這頭打字的心情，竟是有點擺老、以為自己很成熟不會再犯這種「新手錯誤」的自豪。「對啊，」我說：「明明是個聰明人，遇上感情危機，智商就像自由落體直線掉落，每天編寫出幾大落的鄉土劇八點檔劇本。」沒打成字的，是一句「根本像原廠設定的巴斯光年，獨自活在架空的幻覺裡。」

「想關心，又怕像在探問八卦。」

「其實狀況都差不多吧。反正哪天醒來，一定會覺得好可恥，又回頭把那些文字刪掉吧？」

「就算問了，也不會得到誠實的回答吧？」

「是。」

我和阿源兩個人，就這樣旁觀他人之痛苦，像在看《夜市人生》或《世間情》那樣品味著小恩的失敗。

「我們這樣，是否有點壞？」我及時做出點言不由衷的懺悔。

「而且你能確定，這種事永遠不會發生在自己身上嗎？」阿源說。

想當初，還信誓旦旦回答：「不可能。我長大了，不會再把臉書當法庭，瘋狂展示驗傷單或失效的情書了。」殊不知才過沒多久，就面臨了需要道歉的窘境。生活還是同樣的百無聊賴，天氣、新聞依舊沒什麼好記憶，但心裡住了人，隨便一朵雲都能有七十二變，一則新聞可以有一百零八種解法。胡迪、巴斯光年、翠絲，甚至是（假邪惡）豬排博士和（真反派）草莓口味熊抱哥，也是一樣的症狀，心裡住人，就有了靈魂，被女媧吹了口氣，無生命的玩具紛紛復活，還演了好幾集的電影。

而人，實在沒比玩具好到哪去。

除了狡猾。像學聰明了，用一首歌、一段摘文去掩護實在擋不住要火山噴發的真心。轉貼一則新聞，調味似地下兩三行注解。一場尋常的午後雷雨，也在臉書裡下得像馬路就要裂出地洞。放一張網路找來的電影劇照，寫一篇跟胡迪無關的文。每一句，每一個字都轉譯過、變造過，材料不變，但經過捏塑，讓它們盡可能地離自己遠，卻又那麼近地逼視著。

寫下小恩的事情，也是這樣的吧。

不存在之物

小朋友

任意門——

最渴望擁有任意門的時候，或許是愛上誰的時候。

當然不是為了開門就能見到想念的臉，那頂多成為神出鬼沒的跟蹤狂，結果很可能是被報警處理——所謂浪漫，永遠必須兩造同意，彷彿星座運勢冥冥中在天上閃爍信號編寫劇本，偏不讓誰和你對戲的話，就只有自己欣賞美麗的潛台詞了。只有自己，日日，在房間排練那找不到舞台演出的激情，想像的天使被想像的惡魔嘲笑、擊垮，現實再大方也給不起我要的幸福。

就算，就算擁有那樣一方蟲洞，可以把世界像紙摺來摺去、人身如鉛筆穿孔而過，即抵達遙遠的銀河或星雲。最大材小用的想像：假若扭開門把就到公司，不知能省下多少通勤時間，好好休息養肝？或者也不用上班了，直接開門做買賣，環遊世界跑單幫，不用機票無須託運，無疑是「一門」好生意。很熱的時候，開一道北極的風景招攬冷氣；梅雨下得人如喪屍走陰溼路，就到南國借陽光。無法把天殺的人生就地掩埋，至少可以把人身棄置到天高地遠的地方求個清淨。痛苦與救贖都自給自足，而且環保。

然而愛情，就偏要來亂。愛情很麻煩，什麼事沾到愛情都要質變，像針刺破真空包裝，密合的自私遭到破壞，紮實的闊綽摻入微塵。它是烏賊遇險時噴發墨水，只是都噴在腦子裡，對自己施展障眼法。它像病毒，侵犯身體也篡改程式碼，趁病植入諸多懷疑和自棄的迴圈，一覺醒來變成一個最善良的人。

倘若擁有任意門，我會開一注獨得的樂透號碼般，去任何對方想去的地方。東京、倫敦、紐約、巴黎，世界四大城都在一日生活圈內，我們的生活圈。我會扛著門像扛著十字架，很重很重快要被壓垮，也為了誰趕時間而奔跑。我們從忠孝東路直達雪梨，從敦南誠品跨入荷蘭的天堂書店。偶爾不想遠行，就上午花蓮下午台南，晚上逛過墾丁大街，打開門，假裝我的房間就是民宿，整晚不閉戶，讓潮聲為美夢襯底，不管對方夢見誰，我都會在沙灘上巡守一整夜。

我會是一個最精明的賊，去銀行偷錢，去美術館偷雕像，去博物館偷一根恐龍的肋骨。我會布置一個房間，有白宮的沙發、青瓦台的盆栽、西斯廷禮拜堂的壁畫。我會在裡頭，很認真地祈禱……

沒有人能將我定罪，唯一能通緝我的只有我的心。全世界的風景都為我辯護，像我為誰製造無限的不在場證明。

想起上回一起吃飯，氣氛有點尷尬，我只好一直一直找話題，淘金似地挖真心話。明明知道是大忌，還是忍不住誠實了，弄得最後只剩禮貌的微笑。

儘管如此，我也沒有想逃的念頭，任由心將我逮捕歸案，伸手把門關起來。

門外的自由人都不懂，門裡就有最美的荒地。

時光機——

是誰說上帝關了一扇門，就會另開一扇窗？我房裡的窗，打開只看得見隔不到五公尺的另一棟建築，以及偶爾飛過、像雜訊那樣忙碌著的麻雀。其實沒有不滿，相較於臥室如水泥盒子只開一洞的友人，窗戶當然是奢侈品，時時展示外面的黎明或黃昏。幾次聽見巷子口有人大聲吵架，都忍不住攀在窗口看live演出。鄰居小我一歲的女兒小亞據說因為感情不順而在房裡上吊自殺後的連續幾晚，樓下總聚集著講話很大聲的「兄弟們」，要來堵避不見面的肇事者。

我用自己開的窗，見證著一場密室裡不可逆憾事的後續。

某雨夜過後，他們也不再出現。

要說哆啦A夢有什麼我最想要的道具，大概是藏在抽屜裡的時光機，潛進去，經過許多達利的軟時鐘，就能回到被念頭俘虜前的未遲之時，搶下對生命的詮釋權。也是奇怪，我總焦慮於無法修正的錯誤，更甚於尚未發生的可能性。並非害怕劇透，只是沒有把握一路向前必能獲得一份「從此過著幸福快樂的日子」，童話的結局既然建築於曲折的道途，唯有重返過去，能將命運翻盤成機會。

不過要回到多遠前，才能拯救自己，或拯救小亞呢？

回到哆啦A夢這名字正式取代小叮噹的時候嗎？那年我十五歲，即將考上被老師說要很努力才進得去的淡水商工，再過兩年，九二一大地震就要發生。那時的我，更努力點考上公立高中大概是很難了，阻止地震則是回到一萬年前也不可能。

到底哪裡算是悲劇的起點？我是從哪裡聽見鳴槍聲，忽然用盡全力奔跑起來，結果摔了一大跤？哪裡是那個有白漆畫清界線的跑道，踏出一步就比賽開始？是認識的那一天，是網路上打字邀請互換聯絡方式那一刻，還是問對方「我得了個文學獎，能請你吃飯慶祝一下嗎？」的一瞬間？我是該回到那點燃引信之處踩死每一顆星火，還是在更之後的飯局，打斷一句或將衍生諸多誤解的話語？

擁有時光機，卻不知該去哪裡，世上可有更令人無助的設定？當以為時間終能為所有困局解圍，才發現更大的問題其實一直都是，如果任何的正確都將導致錯誤，我是要放棄包括一切過程的相遇，還是在預知了悲劇未來的前提下，享受所有的煎熬？

有時我以為自己是那種耗盡氣力也催不動一滴雨的閃電，眼睜睜看雲默默解散，屋頂、街道、低飛的燕、柏油路和石磚間冒出一朵像信使的小花，都持續地乾燥。我能去哪裡動搖雨雲，使其為我的放電而瓦解呢？

我憑什麼認為自己將比小亞更聰明、更看透？太多太多的問號，在不同的時間點，蟬一般冒出來，就算沒有答案，就算很快被遺忘，也共同成就了一種夏天該有的樣子。

如果電話亭——

終究認清愛情是超越所有幻覺的強大辯論系統，且無法用任何未來的神奇發明扭轉局勢，哪怕時間空間都操之在手，去了哪裡也改寫不成通過神祕認證的心意。

古文明或近未來，世界中心或邊陲，每一趟旅程都少不了出發的本體：自己。心懷祕密的自己。

魔術是詐死，愛情是起死回生；魔術是讀取了誰腦中念想的花色，愛情是拿了一手爛牌卻還是梭哈；魔術是用盡辦法實驗奇想，愛情是擁有四次元的口袋，裝著什麼都只想給出去。

魔術是象形的改造，愛情是譬喻的發明。我能裝模作樣無止境為愛情設想修辭，卻無法實現一場想要的戀愛。

直到我走進「如果電話亭」，對著話筒另一端的神，說出願望：「如果有一個我們彼此喜歡的世界……」

走出電話亭，世界沒有不同，只有我們從此不一樣了。我們會打開許多道普通的門，拉開很多一般的抽屜，看見許多真實存在之物，兩台電腦讓我們互相看見、兩支手機讓我們互相聽見，甚至是心電感應，猜到對方正要出口的提議，看見一個「讚」在等待時化成網頁上一個紅色的小數字，都似擁抱充滿溫度，像一陣風在剛剛好時於身邊發生。沒有「竹蜻蜓」，我們還是可以開車讓導航帶我們去想去的地方，或者停在路邊即時查詢有什麼值得的景點。沒有「記憶吐司」，我也不可能忘記彼此分享過的遺憾和成就。沒有「美食桌巾」，至少我們不會太介意竟然在說出「義大利麵要煮得難吃也不容易吧」之後，偏偏走進那間只能勉強把料吃完就離開的店，反正所有胃口很差的理由將只會是廚師的手藝，而不是我太緊張的緣故……

等等！如果我對著話筒說出的話，是「如果有一個我不緊張的世界……」會否情事皆可有更好的發展？我不再於小劇場上胡言亂語辭不達意，即使不強行植入病毒到另一人身上，也能一起移動、站到「愛情傘」下？

幻想越發完整了。現實裡求之不得者，只能轉而向虛無索取。為了鞏固這不容侵略的私人烏托邦，我上網詳閱公開說明書，規則是這麼寫的：外型像電話亭的實驗室，使用者向亭內的電話講出心目中的理想世界，「如果電話亭」便會製造出一個滿足使用者的平行世界，與現實各自獨立、互不相涉，除了使用者和見證使用者使用的人，其餘他人皆不知情。

結果也只是虛擬實境嗎？我的滿分愛情，再一次發揮它無弱點無破綻的威力，打敗了二十世紀的人類所能想像，二十二世紀的各項法寶。我就像是生活在無數災難裡的大雄，即使短暫地被拯救，最後也要因為各種太愚笨或太聰明的誤用，遭受更巨大的災難。

而一切都源於一個摸不著、證明不了的，我還在學習使用的道具。

不存在之時

鳥山明的《七龍珠》裡有許多寶物和絕招，華麗得像上帝午睡醒來後，因為做了場美夢，決定發明些什麼送給地球，於是我們便獲得了認識一項新玩具的過程，在各種競爭的空檔交換心得，把昨晚彷彿隨著煙火掉下來的魔術力量說給對方聽。

同樣一個龜派氣功，每個人有各自的用途；同樣一個夜空中的亮點，你看見的是貝基塔行星，我看見的是納美克星。這有點像是有人喜歡悟空但我偏愛非常傲嬌的達爾一樣，因為他擁有強大到必須成為反派角色的自尊，無條件信仰絕對的勝負，卻又不自覺被以悟空為中心的所有人感化，抗拒著動搖了的自己。創作可以做到讓人投射或對照自己到如此境地，真是很了不起。

在《七龍珠》出現的所有道具或招式中，毫無懸念的，可以召喚出神龍許願的龍珠，絕對是第一名。畢竟連死人都能復活，也無數次解救了肯定不知如何善後的漫畫家，使滿目瘡痍的地球重新恢復生氣，又可以是個漂亮的戰場了。「砍掉重練」這種能力果然是非常霸道的，無視破壞或建設，抹除了痕跡，也就戰勝了一切。

但刪去龍珠後，接著就難選了。首先可以捨棄的，當然是「戰鬥力偵測眼鏡」，評估一個人能耐的方法很多，但這往往與成就無關，真要預測對手能打到什麼程度，唐立淇的年度星座大解析只怕還能給出更多有效資訊。再來，能使兩人合體的荒唐舞蹈或界王神的耳環，也不妨排除，有點潔癖的我即使稱不上喜歡自己的身體，也絕不想和誰（不只譬喻地）身心靈合一。接著氣圓斬或魔貫光殺砲什麼的也可以刪除，能力愈大罪孽愈深重，我不想走在路上被誰撞了一下，就忍不住用圓氣玉殺了他，沒有絕世武功大概會安全一點，也不用整天跑給警察追。

仙豆和水療機也可以丟掉，前者在將死時吃下可以恢復體力且大幅提升戰鬥力，後者則是供傷者泡在裝滿水的透明圓柱室裡慢慢療傷，其實都很好用，激烈戰鬥後尤其能派上用場，但同樣的，我是要和誰打架呢？我不是擅長使用暴力的人，最常受的傷是情傷，我不覺得失戀的時候，這兩樣東西能幫上什麼忙。

那就剩下筋斗雲和重力室了。如果可以乘著彩雲飛，我在重力室裡訓練腿力好像沒什麼意義，而目前也沒有要參加奧運成為體育健將的計畫。至於筋斗雲，大概由不得我選擇，因為它有「心靈純潔者才能搭乘」的設定，關於這點，歡迎隨便問我朋友，如果心靈是一面牆，我的那面大概不比西雅圖的口香糖牆乾淨上多少，小奸小惡的邪念根本像惡靈在我身上攀岩死不放手啊。

這樣處心積慮說明放棄掉大半人類求之不得的禮物，為的是什麼？為的就是留下我需要的「精神時光屋」。在精神時光屋裡待一年，等於外面的一天，也就是說當我作業寫不完、稿子交不出來，或者是早上實在起不來時，就進去大睡特睡六小時，反正外面也只過了一分鐘。時間是唯一的公平，若能在這裡偷得一點先機，其他地方都輸人約莫就能稍微甘心。

但也不是這麼好就能賺得時間的。在這裡，食物、水和空間樣樣俱全，整片的白沒有邊界，沒有走到盡頭掉出世界或繞回原點這回事。在這裡，空氣很稀薄，溫度很磨人，在攝氏五十度和零下四十度之間，還有比地球大上十倍的重力，意志薄弱或精神不集中，很容易就出現幻覺，而且限制每人一生只能待在裡頭兩年，得節省著用。

寫完作業、交了稿子、睡飽了，就能成為另一個人嗎？那應當是一個最好的避難所，遭逢空襲或毀滅時，走進去，好好地躲一陣，在砍掉和新生之間，做為重練的地點，而無須被目睹一切難堪和血腥的畫面。

失戀的時候，我會打開那道門。

／

電影《跳躍吧！時空少女》就像所有以時空旅行為圓心設定的電影，總有人在追尋著永恆失落的什麼。比方說，搶先吃掉那個被妹妹偷吃的布丁、重考一張只拿到九分的數學試卷、避開一次料理課失誤點燃油鍋的意外。

因為預知了後果，所以能回頭修正所有的來不及。在這樣的設定裡，唯一無法改變的，大概只有在一篇文章裡不小心看到某部電影的結局大雷，只能接受已被奪走了驚喜的遺憾。

真琴、千昭和功介，這三個剛升上高二不久、因為已到了該決定往文組或理組發展而不得不開始認真思考未來的年輕人，平日總混在一起打棒球，兩男一女有他人無法理解的平衡。但浮躁的日子豈有不變的好事，那平衡就像走在危索上，一點風吹草動都可以將人推倒。

可能是讓真琴摸不清頭緒、奇怪經常打聽著千昭消息的同學，也可能是暗戀著功介的學妹，終於決定告白。兩個為告白失敗的學妹打抱不平的社團同窗，一日找上真琴，咄咄逼人問她是不是和功介在一起？如果不是的話為什麼要天天混在一起呢？為了自清，真琴只好一再倒轉時空，排除變因，把功介和學妹推往同一個救生網。

可能是剎車失靈的腳踏車，眼見就要撞上平交道的護欄，在成功飛躍到對面之前被火車撞上……只好再度使用次數有限的大絕，往路上的路人撞去，挨一頓罵換一條命。

可能是看著功介被學妹告白，危索上剩下兩個人，不如就告白吧的千昭，一次又一次在重來的情境裡，終於在寫著「ここから」由此去的岔路，被走往另一頭的真琴拋下。

可能是，發現功介載著學妹，偷騎了真琴的腳踏車，同樣撞上護欄，同樣被火車截走，眼見著一切發生卻因用罄了神力額度而無力挽回的真琴，睜開雙眼，發現悲劇竟然還是被及時阻止了——

是千昭。那個神祕轉學過來的男生，原來是從未來出發、來到此時，只為了看一幅因戰爭而遺失的畫作。那才是真正永恆失落的什麼。還有在地面上流動的河水、寬闊的天空、人潮、腳踏車、棒球……

祕密揭開後，他必須離開。

河水、天空、人潮、腳踏車、棒球，忽然間都不同了。一首歌的意義也不同了。一條路線，走過就要沾上溫暖的髒空氣。真琴的心情，我的心情。要過多久，事物才能回到原先的位置，在瞳孔裡映出該有的模樣？

可能要很久吧？

但只要一秒，很多事都會翻轉成真相，像只有在這樣的時刻，當同學又旁敲側擊地詢問著千昭的事時，真琴能夠直接向同學道歉、表白，其實自己也是喜歡千昭的。那也是將永恆失落的情感，即使千昭在離去前確實表明了會在未來等她，她也說了會馬上去，「我會用跑的」，然而電影裡一再強調的time waits for no one，似乎也暗示了時空落差是無法彌補的。

她能做的，只是盡力保護住一幅畫，把那像一個承諾，完整地送到未來，雙手奉上不同的可能，像暗中以一份驚喜，抽換掉遺憾。

此後便是一條不會快也不會慢，只能耐心維持平衡，走過無盡危索的艱辛路途。

／

看《瓦力》的時候，我總是想起精神時光屋。末日的荒蕪背景，清掃機器人瓦力留在地球上收拾無數的垃圾。那正是急需神龍拯救的世界，但事實是連把七顆龍珠收集好放一起、釋放出綠色大龍說出願望的人也沒了，全在宇宙中一艘方舟般的太空船裡整天躺著吃喝，且因為重力不足身體都癱腫了，等待著送回地球上的高階機器人伊芙能找到綠色植物，證明地球已自行療癒到適合居住的程度，就可以光榮返鄉。

然而完全不知道還有這樁安排的瓦力，仍繼續和強悍的倖存者蟑螂做朋友，每天在外頭挖垃圾往身體裡放，放滿了就往內一壓，擠出一個方方正正的垃圾磚，堆起來。

時間也是這樣堆起來。七百年了，人類棄守已七百年，當時留下的數台清掃機器人，現在只剩瓦力還孤伶伶執行著任務，七百年或七百天，好像沒有差別，時間的盡頭處可有什麼等著，也不重要。

工作結束，就回家休息，打開耶誕裝飾的小燈串，卸下輪鏈，拿出餅乾給蟑螂吃，把整天四處收來的貌似有用的東西分門別類放好，過著非常有秩序的生活。零件故障或壞了，就自己從架上找出清垃圾時找到的可以拿來當備用品的材料，自己的生命自己救。

他還會從烤麵包機拿出一卷影帶，放入播映機，接上iPod，拉來一扇窗那麼大的放大鏡，看一部有人在跳舞談戀愛的舊歌舞片，模仿電影裡的人拿著帽子、有韻律地移動腳步，也好奇片中的人為什麼要深情對望、十指交扣？看看自己由幾塊金屬片組成的手，若有所思，瓦力決定錄下溫柔的情歌。放給誰聽呢？不知道。照理說，一切都是寫好的，或者說，他也接受這寫好的安排，認命地存好心、做好事，你不會知道除了認真工作他都在想些什麼，或是工作的時候他可會分心。

只有在這時候，觀眾看見他好像被觸動了，像是重開機後還留著上一次活著的印象，疑惑自己怎會出現無中生有的感情。是那些四處搜來的部品隱藏著什麼糟糕的驅動程式嗎？

沙塵暴襲來，觀眾也不用多猜了，看著瓦力趕緊關了鐵皮屋的門，窩著睡一覺，明天的事明天解決。

天亮，第一件事是身體響起快沒電了的警告。是夢見了什麼很耗電嗎？趕快走出戶外，拿出太陽能電板，充電。

遇見伊芙之前，瓦力就待在自己的精神時光屋裡，花數不清的日子去做同一件不需用腦的事情。那也是一種療癒，像地球什麼也不做，讓時間醫治自己。

一次失戀，好痛苦，早上起床不想去上班，下午下班不想要回家，晚上睡不著，吃了藥最多關閉心裡的閘門三、四個小時，過後大水又湧出來，體內的潮汐找不到岸，四處奔流。胸悶，悶得能清楚聽見心臟拋出許多問句，像摀住耳朵聽見自己。我努力尋找，發現四周遍地遺跡、焦土，曾經收得很好的各種答案瞬間如保險箱被盜，整個人空掉只剩無法回答的懷疑。

朋友說：等吧，等時間過去。時間是唯一解。

但我要去哪裡等，才不會打擾到其他人？原先井然的生活，瞬間像棋局被雙手一掀，什麼戰略和計畫都撒了。不想上的班還是得上，不想回的家還是得回。消失的人就像發現植物的伊芙進入休眠狀態，瓦力搞不清楚狀況，就每天拉著她去給太陽曬、給風景看，下雨了就幫她撐傘，在夕陽前偷偷拉她的手。

可是我要去哪裡，才能待在一個和眾人不同的時間維度裡，好好地、慢慢地處理類似的回憶，而不被看見消沉的模樣？

就像每次夜半醒來，按亮手機查看，距離日出還有幾個鐘頭，連窗外總安靜不下來的小鳥都還悄無聲息，全面隱藏起自己的時刻。

正是最適合躺成一座橋，讓時間從底下匆匆經過卻又被清楚看見的一刻。然而我關掉手機，睜著眼睛瞪住黑暗。

因為睜著眼睛的看不見，才是真正的看不見。

04

友藏爺爺心の俳句

那才是真正的詩吧？白描只有一刻的風吹動風鈴、給體內的地震做紀錄、仔細聆聽神明的回覆。而且很好笑。好笑太重要了，是在苦瓜汁裡加蜂蜜，或把分手的信折成紙飛機。生活平平淡淡，就是要寫幾行短句丟進去，釣一些瞎或愚。

小梅小朋友

一直以為自己走失過一次。沒錯，就是像《龍貓》裡的小梅那種走失，如果沒有龍貓公車，天色暗下，真不敢想像小梅會發生什麼事。記得以前便利商店落地窗還會張貼失蹤兒童協尋海報，還有電腦模擬的「現在可能的長相」（據說在美國多是印在牛奶盒上？如果生在那裡我可能會永遠抵制鮮乳）。那對小小年紀的我來說真是太驚悚了，失蹤的小朋友本身就帶點鄉野恐怖奇譚氛圍，加上那整張臉怎麼看都不合理的大人臉，猜想後來全面撤除，除了美感問題，應該也是不想幫廟宇賺太多的收驚費用吧。

我一直以為自己差一點點就會被貼在便利商店外頭。

「和表哥他們一起啊，在河堤上，我有印象吔。」向母親求證，得到的答案都是沒聽說、不知道、你在作夢吧？「只記得你們小時候和阿嬤去菜市場走失就開始哭，哭到大家都認識了。」

「這樣啊……」

「但你妹就真的走失過一次。回家的時候走錯大門，上了別棟大樓，大家嚇死了，到處找，好怕被綁架，你妹小時候那麼可愛，歹徒不綁她要綁誰？愈想愈怕，真的就要去報警了……」

「結果呢？」

「結果就聽到你妹的哭聲啊，在隔壁棟的頂樓上哭。」

好可愛喔，連妹妹都笑了。但可以這樣笑著的現在，究竟是通過了多少無法醜一、不能重來的火山口和地雷區，沒有人知道。

也許龍貓一直默默守候著我們，在屋頂，在河堤，在很深的夜裡走不出腦補的迷宮時……我這樣相信著，因為實在無法相信自己，有能力這樣活過來。

手的預言

很喜歡陳綺貞有首歌叫〈手的預言〉，長度不超過一百秒，接近低限的編曲，卻有想像寬闊的詞，很難用一般理解流行歌曲的方式，連結自身情感經驗如旅行的意義、失敗者的飛翔、柏拉圖式的愛情，或者百分之八十完美的日子。我猜想，歌曲想述說的，大概也不是什麼風光或病理的切片，而是需要把時間拉得更長、距離拉得更遠後，才能看見由許多紛雜亮點拼湊而成的大全景，從中汲取出一條四通八達的路徑，放在心裡當逃生路線。

而「手」，就是那用來指南的工具。或者說得俗濫點，如果歌要傳達的是一類和自己配對成功的哲學觀，那手，就是一個方便解釋的譬喻。

想談談「創作」這回事，拿這首歌破題，應算得上合情合理。好比要講「睡」這件事，約莫就躲不開「夢」；談論「愛情」，再怎麼純，性都是無可避免的驅動力之一。手做為人體幾乎半徑一般的存在，自然擔負起執行大腦各種欲求「無中生有」訊息的最主要角色，寫字、作畫、按快門、捏陶土，甚至是拿針往一張臉上所有不滿的地方注射填平或造山的物質。電影《全面啟動》裡負責構築夢境場景的艾倫・佩姬在發現所謂潛意識就是藏匿缺憾人格的大本營後，曾一度拒絕加入那影史上最「偷人於無形」的竊盜集團，表明：「我可不想就這麼對誰敞開心扉（open my mind）！」此處的「心扉」二字大概算有點意思的超譯，尤其對照她終究投降般又自動歸隊時說的：「沒辦法……這是純粹的創作（pure creation）。」那麼唯心，那麼如李奧納多所說的：「現實已經無法滿足她。」

或許是真的，當現實無法滿足一個人，「創作」就成為一條如有魅影招魂的曲徑，走進去，打開心扉，探探虛實，說點什麼等待回音。面對內在的百鬼夜奔，每個人都有自己的辦法鎮壓或疏通。

我的手不巧，唯有仰賴寫字。

也非得是寫字不可。我不知道這一切是否有宿命論意味，比方說有誰能沒有猶豫地說自己生來就是要寫作的嗎？利用那些經由文明過濾、具有特定意義的字，把心機都安在筆畫裡，在這裡停，在那裡轉彎，一直線穿過幾道牆，勾起一截小尾巴。有人是天生就體質特異的嗎？擅長施展這種沉默的魔法，不用張口出聲，就夠表達自己，包括肉體受世界撞擊產生的漣漪，以及因而扭曲變形的外界投影。很嫻熟的時候，還懂得如何讓線條內縮成點，如一顆種籽；鋪張成面，有海與天空的顏色；膨脹出空間，在裡頭種花，養隻狗或者人。那個用字呼應宇宙的物，捕捉眼神放的電，如點穴般掌握身體反應的人，有可能是我嗎？

這麼說來，卻已經不記得第一次手拿著筆，在紙上寫點什麼的時刻了，儘管有些事不用記得，也能知道約莫是學齡前自文具行買來的習字本，從阿拉伯數字練習起，注音符號，簡單的字，路邊不值錢的「石」，最高權力象徵的「王」，有機的「木」，一支由字組成的軍隊：「文」。

倒是有幾個關於寫字的畫面印象清晰。國中時，幾個不乖的同學在教室傳閱一冊筆記，輪流將一則八卦著色般添加戲劇性。一開始，是某陳寫了：「林好像真的喜歡江？」某吳說：「我也有感覺。」某黃說：「早就跟你們說。」筆記本很快傳到被愛慕者江那裡去，上面已是滿滿對林「大嫂、大嫂」的稱謂。其實傳到一半我已覺得不妥，果不其然，筆記本後來被人惡作劇地傳到林那裡去，放學之前，大家都擔心著她會哭出來，反覆回想自己是不是寫了最傷人那句的人。

另一個畫面，是顯然沒有半點長進的我，和高職同學一起搭公車要去補習，不知哪來的念頭，拿出立可白在前方椅子的塑膠皮上寫下「某某某愛某某某」，兩人後來樂得像是親手製造了喜事或災難的幼稚鬼，然而懷著祕密的人總是最難受的，一次我忍不住向其中一人懺悔，當然沒有獲得原諒，但也不重要了。選擇誠實，我有能說服自己的意義，這就夠了。

到底是什麼時候開始的，我們懂得用字如用火，不同的熱度變化，炒出不同的飯菜，煮水或者煎藥，燒冥紙或情書，製造汽油彈往他處投去。

都是後來才學會的技藝。在刷卡單上簽名、填寫問卷、反覆書寫一個單字以利背誦——剛開始學日文時，我就是這樣召喚回很久沒用的方法，去記憶新的漢字寫法和拼音，活剝生吞，用寫的方式往腦子裡刻字。

或者高職時初學打字，每天搭專車往返新莊淡水，我總是刻意搭靠窗座位，一路看見招牌就雙手「做預備動作」，朝著大腿敲打，一個字一個字在腦海裡過去，這頭能見的各種燦爛與正直（總是這類的商家名稱呢）都變成反射動作後，就和另一側的同學換位置，像檢定考時翻頁繼續往下。也是奇妙，彼時中文輸入檢定考總是選擇帶勵志意味的文學作品，全班同學都發一本「考古題」在家自行練習，多年後變成「寫作者」（不只引號，我還想用手做出air quotes以表示心虛），聽說有人「練功」的方法是抄錄經典，那麼以往「打」過的文章，說不定也是我最初的文學養成？

奇妙的是，有陣子，每當焦慮得無以復加，我會忍不住對著空氣打字。電影《戰地琴人》有一幕，是鋼琴家Władysław Szpilman接受朋友救濟在公寓裡躲避德軍，看見房裡有架鋼琴，忍不住也「做預備動作」，沉默，對著琴鍵的位置指點空氣。所有音樂都只（能）在他的腦子裡發生，手指沒有貢獻出任何實質意義，卻還是反射般安慰了他，那麼心酸，也那麼令人心碎。那大概也像陳綺貞在歌裡唱的：「手打開，不害怕匱乏。」

生活在物質充足而精神自由的時代，我很難說有過怎樣非得靠想像為自己解套的事，縱使有，也是自我為難。被心事纏縛或有訴說需求時，我總能隨心所欲打開文件檔（或遲遲不打開），告解。寫下一冊筆記在課桌間流浪的往事，一輛公車載著兩個名字在路上奔馳。國中畢業後，林和江都自我的生活半徑消失；高職畢業後，其實曖昧了很久的同學最後也並沒有在一起。課桌和公車，應該都不在了吧？我寫那些無法改變、毫不受控的人情、事故和物業，也正巧是同一首歌裡「追逐一頭大雨中的狼」嗎？

我喜歡歌的MV是完全具象的，唱到風箏是風箏，落葉該去哪就去哪，手打開，有一整顆星球輝煌。雨中的狼在前方奔跑，還能像電玩轉換視角。川貝母的圖本來就有魔幻血統，一雙手可以觸及的現實和非現實，都在短短動畫裡呈現了。

以往聽歌時，我一直不很確定為什麼〈手的預言〉英文名要叫Rebirth，為了不出錯還特地挖出專輯確認。也是在這天我忽然就懂了。寫作是一種重生，無論是被寫者，或書寫者。儘管「手掌留住了風，握不住一粒沙。」也能「輕輕合掌，喚來舊時光。」何其幸運，寫作者總能「閉上眼，就地捲起海浪，奔向紙月亮。」當什麼徹底離我而去，或積極地想傷害我，令我像孤獨待在房裡不能製造動靜的鋼琴家時——

我用手寫字，讓自己重生。

舞空術

我熱愛通勤，也痛恨通勤。在路上，我戴著口罩和耳機，隔絕廢氣和噪音；在路上，有太多的狀況可以在預料之外發生，所幸大多時候我只是不著痕跡地經過，再經過，抵達目的地；在路上，我和我的夥伴們素昧平生，卻經常在同一個路口等待紅燈放行，接著又一起在綠燈時衝出去，趕著幾分幾秒的時間，趕著打卡。

在路上，我們彼此聚攏又分流，各自懷著心事或什麼也沒想，只是一逕前行，在路線裡熟稔地打方向燈轉彎、催油門加速、尋找停車位。他們其中有許多是「老前輩」了，說不定已在路上奔波了十幾年，哪裡有個坑洞雨天會積水，幾點幾分會有警察埋伏出沒，都瞞不過他們法眼。身為一名後繼者，我努力累積經驗，想跟上他們的默契，在無數細微如暗示的動作裡，迅速感知下一步的行動，如同有誰一聲令下便一起超越了某輛緩慢溫吞的公車、某處傳來誰按下喇叭如鳴槍警告自己就要闖過那即將滅去之黃燈的種種瞬間。

我有時跟上了，有時沒跟上。

剛退伍那年，我每天騎五十分鐘的車去上班，週一從家門離開，週二自小巷轉進大路，週三攜帶著未及享用的早餐穿梭在車陣之間，週四衝上一座橋又滑下來，週五在路口待轉，一轉又轉進假日，然後又轉回週一。通勤時橫掃過眼界的風景最理所當然，從來不是以新鮮可供玩味的休閒觀光為初衷，我每天耗費大量時間，進行一個無聊的動作。

在路上，我想很多事情。

一段時間，大概是某工程剛好占住了，我們就每天在固定的路段按下暫停鍵般停下。隔著垂直的車流，兩三次綠燈亮起都過不去，我們有人反覆看錶，有人拿出香菸來抽，有人則像我眼神死透盯著前方塞滿了車的橋面，連爭先恐後的餘地都沒有。時值盛夏，陽光在每一頂安全帽上折射出不同的色彩光點，從遠處看竟像一條水往上流的鑽石河。

曾與我共享一條路線的朋友小余，向我提起她某次驚悚的、騎車騎到一半睡著的經驗。她說，那天在下班尖峰時段，她一邊走走停停維持著適當的速度和行車距離，一邊感到睡意已懷胎十月過預產期馬上就要生擋不住了！陣痛得暈了過去，直到撞上前方車輛，才在夢裡遭「kick」驚醒過來。她說得像撿回一條命，語氣很激動，生氣所有的疲勞轟炸。不想工作了，好累。有錢人的孩子果然不一樣。也許考慮換個工作吧，找個離家近的，她又說，但後來只去了南半球留學，人果然要出了社會才知道當學生最幸福。

我則是真換了工作，換一條路砥礪自己。其實是有點存款的，十年不工作也不會餓死，每月接一點案，度過餘生也非難事。但不可能。那段時間，我整理了一下背包，丟掉好幾張證明我曾去過哪些地方的停車繳費單收據、全部沒有中獎的皺巴巴發票、為了爭取時間結果喪失金錢的逆向行駛和違規右轉罰單繳費收據、每週五下班後去社區大學上課的講義……電影《型男飛行日誌》的男主角喬治．克隆尼一面做著「代客裁員」的工作，一面以規勸世人拋棄無用的關係四處演講，一開始總會拿出一個包包放桌上，問大家：「你的生活有多重？想像你正揹著一個包包，感受一下你的肩上扛著什麼。把抽屜裡的收藏品放進去，把衣服、電器放進去，應該已經很重了吧？現在把沙發、床、整間房子都放進去，然後試著走兩步看看。」

我無法如他乾淨清爽，但丟掉幾張失效的紙還是能做到，只有曼秀雷敦藥膏必須永遠備著，說起來也許是基於某種人與物之間的革命情感，像某回我剛出門不久，就被一輛小卡車連人帶車撞倒在地，而當下的第一個念頭竟然是：糟糕，今天還有重要的會議要開。而又因為能夠主動體諒及設想，或許那司機也總在路上無休無盡地移動著才精神萎靡，所以明明他都主動過來關切並滿臉歉意了，我也沒有追究，說了聲沒事就直接去上班。到公司，同事看見我臉上手上的傷痕，說我還真會挑日子出車禍，硬是挑一天請不得假的！我能怎麼回答？也是苦笑著，從背包裡拿出曼秀雷敦。

如果有《七龍珠》裡的舞空術，該有多好。或《魔女宅急便》的魔女飛行血統和一根掃帚，哆啦A夢的竹蜻蜓，都好。如果去哪都能用飛的，豈不是太美妙了？沒人爭道，沒有紅燈，兩點之間直線前往，省時又環保。一次我甚至想，不會飛沒關係，那至少給我《進擊的巨人》裡的立體機動裝置吧，發射鋼索抓住建築物，再捲尺般把自己拉過去，像泰山抓住大樹氣根擺盪於叢林，唯一要擔心的，只有悟飯飛行通學時，他媽媽跟他說的那一句很好笑的：「小心飛機。」

就可以和喬治・克隆尼一樣「up in the air」了，那個後來在演講中把話講得更「清楚」的他說：「你有一個新包包，這次我們不裝東西。我們來裝人。先把朋友裝進去，公司同事，再到你願意與其分享祕密的好朋友。你的叔叔舅舅阿姨姑姑、兄弟姊妹、祖父母、爸爸媽媽也裝進去。最後是你丈夫、妻子，女朋友男朋友，全都裝進去。現在，感受一下背帶陷入你肩膀的重量。」

到底是什麼體質，可以講出這麼冷血的話？那是類似魔女的血統嗎？還是體內注射了可以化身巨人的藥劑？《七龍珠》裡有這麼一個橋段，是成年悟飯同時教導也有賽亞人血統的小屁孩悟天以及地球人高中生維黛兒如何使舞空術，重點是把「氣」集中在腳底，產生對抗地心引力的能量，把人往天空送。

花了好長時間才終於能浮起來一點點的維黛兒，還來不及興奮，就看到悟天在天上華麗地飛來飛去，完全沒有要顧慮別人心情的意思。

我只是個平凡地球人，經常羨慕別人做到我缺乏天資的事，二話不說出國留學、勇敢地告白迅速地復原、克服強大的惰性修行、把包包裡的東西都丟掉。

就連在夢裡，我也經常是不停墜落，飛不起來。幾個月就要夢見一次，忽然出現在半空中，接著引擎熄火般往下掉，甚至某次就掉在出門上班的路上。

換過一條又一條路線，也重新組織並鍛鍊出不同的直覺，在得以靠本能順著車流不知不覺到達目的地的日子，偶爾再回到舊日熟悉的區域騎車經過，心底竟浮出某懷舊情感，好似自學校畢業了，又回去緬懷那曾經共同經歷過許多風雨時光的心得。

那些路，現已喪失了我所理解的身分，如今再走，又得要重新辨認，像和已逐漸陌生的舊情人復合。

不過仍然只是出軌於常態的偶遇。現實的當下，我還是不曾終止在某條固著如生產線履帶上的衝鋒陷陣，跟著與我一同隨時組隊又旋即解散的隨機單位，在路上即興發揮信手拈來的心領神會，像一支訓練有素的足球隊相互掩護攻防，只期盼能多搶得一些時間，可以去填補其他真實世界的罅隙。

我試圖追隨，跟上了，就是再前進一步，沒跟上，則愣愣再等上一陣子，想像自己能飛，有時候也真的飛了起來，把車子拋下，在短短的幾十秒內，完成一次失憶般的叛逃。

斷線辦公室

不知是否血壓低的緣故，每天醒來，我必得在床上賴一陣子才能起身。

當然，長期的睡眠不足才是主因，沒睡飽的人，能多躺一秒是一秒，非常合理。好多年了我不知下過多少次決心要早睡早起，最終都只能痴痴等待一個預言實現——大概是《康健雜誌》看來的——人愈老，需要的睡眠愈少。根本是體諒年紀大的人易感時光消逝，便內建了貼心機制，多給人一點清醒，雖然也不是每個人都能視之為恩賜就是。母親步入前更年期後，苦惱頭痛和失眠，已經到了要看醫生的程度。夜深了人還在意識的死海上無力漂浮，好不容易下了錨般睡著，又早早轉醒，真讓人擔心會不會哪天她就燃起全副身心去組個女子版的鬥陣俱樂部，到處找人打架，身體和精神受足了刺激，晚上就好睡了。如果世上真有神燈滿足願望，我雖然很怕她會衝動說出「讓我每天可以睡滿八小時！」這種小看燈神的話，但轉念一想，醫生都束手無策的苦痛，求諸神仙也不是太稀奇的事吧？

也只能這樣正向思考。反正不可能嗆她：「我為了趕稿還要喝咖啡逼自己不睏，你這症狀根本像炫耀文啊！」畢竟她可以碎碎唸反擊的時間很多，而我還有睡意待解決。也無法安慰她：「睡不著就看電視啊，讀書啊，寫東西啊。」電視她幾乎只看每天播近三小時的鄉土劇八點檔，而且要有人在旁邊讓她邊看邊罵才有趣。讀書和寫東西就更不用說了，我唯一見她翻過的書應該是農民曆，認真寫的字只有醫生要她仔細記錄的用藥時間和緩解頭痛之效用。

真是慘烈的肉身驗證，母親好像神農嘗百草，試到了毒花。但她的毒是我的藥，我開始更有把握地期待，預言應該是準備結果了。拜託！我已經老得在奇摩首頁看見《康健雜誌》標題都會忍不住點進去的年紀了好嗎！（雖然朋友說：拜託！你還年輕得仍在使用奇摩首頁好嗎！）然而，愈老愈不用睡的好事並未在我身上發生，相反的，我簡直像一部舊電腦，能維持基本轉速的時間愈來愈短，動不動就要重開機，而且還開很慢。

我賴在床上和地心引力繾綣，打開手機，連上《蘋果日報》app，看LINE推出的《LINE

OFFLINE辦公室》動畫。

很奇怪，平常使用那些可愛到令人心志柔軟的貼圖：熊大和兔兔打情罵俏、詹姆士耍帥、饅頭人崩潰、部長霸氣（和肚子）外露、小雞莎莉賣萌，怎麼也難想像推出動畫時，竟是以辦公室為主場景，且有簡直偷窺我生活的情節：上班打瞌睡、午餐吃什麼、出包怎麼辦、八卦如何講，還有永遠的話題：減肥、戀情、凍漲的薪水，以及最重要的，說老闆壞話。

做為起床上班前的暖身，這動畫實在很適切，但真實人生總不適切，甚至不舒服。在辦公室打情罵俏，可能會被開除；耍帥，會被嫌噁心。崩潰，要有限度；該藏好的東西最好不要外露，尤其是那些寫真集會主打的部位，以及寫真集不會拍的殺意。在辦公室，我們努力把持住一個現代人類該有的品質，在家裡可以徹底放鬆的破綻都暫時補丁般蓋住，對鏡的所有自憐和自戀都要敲碎。

也難怪要累得瀕臨當機邊緣了。不是常見這樣的新聞嗎：被不當對待的員工荷槍回辦公室大肆掃射（第一個死的永遠是櫃台總機），尖叫一時與爆破聲響合奏充斥冰冷空間，此時才格外感受到這真是一個無處可躲、可逃的地方啊（其使人絕望的程度，約莫和夏日夜裡在房裡看見一隻蟑螂飛了起來），所有的裝潢設計都為了彼此監視，就是有隔板也擋不住背後射過來的眼神。但電影或網路上看到的就不多說了，我待過的辦公室，就發生過有人承受不住壓力開了窗戶，威脅主管如果再意見一堆她就要跳樓的事件。

當然沒跳，且從此最輕鬆的工作都給了她。真跳樓的，是另一間集合了銀行、科技、媒體等廠商的胖大樓，日日吞吐幾百人，終於消化不良：上午十點多，一名女子把自己當錢幣往許願池投擲，九樓一路向下直達中庭，終結孤單的願望非常快就實現了。

是什麼樣的事件或心情打了死結，讓她連午餐都挨不到了呢？明明已經撐過最痛苦的起床，也梳洗乾淨，也穿戴整齊地出門了不是嗎？明明那麼多人都做到了，那些提著早餐剛走進大樓的人、搭著電梯透過玻璃看著地面漸遠的人、偷閒在走廊上和誰熱線的人——黑影閃過，砰！如果我是親眼看見的人，包準理智線斷，下了班要去收驚。

這會不會也是明明搞笑且老少咸宜的動畫卻要取名「OFFLINE」的主因？ONLINE明明才是主流啊！斷線辦公室，誰都表情生動，兔兔仍保有一顆少女心，內心尖叫都是因為看見詹姆士撥頭髮，和槍枝火藥無關。潔西卡繼續媚惑眾生，工作狂饅頭人則不知是否因為少了餡，事情一直做不好，但關鍵時刻還是能獲得同事力挺，好溫馨。祕書莎莉最可怕，個子雖小但智慧高，總在同事們滿腦子壞念頭、自我感覺良好時，幽幽現身，撂下一句戳破假象的無敵真言（某程度上也有開導的作用），要是轉行，去寫歌可能是李宗盛或林夕，寫書就是黃麗群或者李桐豪。

但最危險的，莫過於永遠面無表情的熊大。不要看他很無辜、很平靜的樣子，一張臉能透露多少，就能佯裝多少。網路資訊表示熊大喜愛美甲，美甲吔！衝突的設定根本像B級片裡變態殺人魔偏偏很愛芭比娃娃或者養孔雀魚，回家後不開燈在暗中對人偶和魚情話綿綿。你幾乎可以想像那應該也是個睡眠出問題的殺人魔，一個在辦公室總被忽略在團購之外的殺人魔。

熊大是否也苦於清醒和昏睡的比例失當，無從得知。連載動畫有天無預警停了，看來收視率並不理想，只能匆促下台，像面對恐怖情人，最好的分手其實也就是直接消失在對方的視線範圍內。我在想，如果續篇真能自由發揮，也許就安排熊大血洗辦公室吧，反正十八禁本來就是同人誌的大宗。我想起那件近身的墜樓事件，後來上了新聞，才發現是個特地拜訪敝辦公大樓玩自由落體的陌生人。為什麼選了我們？她是否和該樓層的誰有什麼過節？是否有個男朋友或女朋友對她不告而別？那應該也是醫生都束手無策的苦痛，現實生活沒有神燈，也沒有莎莉。她只能縱身一跳。

賴床夠了，我起床準備出門上班，再次發下宏願以後都要早點睡覺。

怪物的孩子

獸——

據說電影《追殺比爾》裡，女主角在權八居酒屋西麻布店裡大開殺戒的場景，之所以出現了一小段黑白畫面，是為了能留下獨厚的空間，給為電影繪製了少女石井御蓮殺手養成之路動畫的日本人。確實是一段值得擁有聚光燈、讓世界其他國家暫時失去色彩的了不起橋段。石井御蓮做為上集的關主，也的確該擁有自己的故事，一個從人化身為獸的故事。要在德州小鎮的教堂裡，殺了懷有比爾之女、準備另嫁他人的女主角，以及婚禮上八個無辜的陌生人，一般人大概是做不來的吧。

看了動畫就懂了。原先也不過是個平凡孩子，卻在九歲那年躲在床底下貼身目擊了雙親遭黑道殺害的過程，其復仇之心也在瞬間獲得觀眾支持。不過兩年時間，她即以不相上下的殘暴完成了復仇，也順利進化為樂於以血沐浴、用淒厲哀號淨身的少女，且在短時間內開發大量潛能，在二十歲時晉升世界一流女殺手，可以冷冷靜靜不著情緒地拿槍射穿政商沙豬的腦袋、拿武士刀砍掉不順她者的人頭。

奇怪的是電影並未解釋這樣的強者為何甘願成為比爾手下，或許也是無法解釋吧？劇本寫不過去的那距離，反倒使最終目標更顯神祕與威能。然而在獸之上的比爾怪物，終也有被自己孩子轉身吞噬的一刻；也許石井御蓮的養成和蛻變，真正要強調的並不是她個人的復仇力量有多驚人，而是藉由她的篇章，說明女主角總能使命必達的原因。兩個復仇的故事遙遙呼應，電影裡的唯一的差別是，誰還在路上，誰就抵達終點。

半獸人——

《狼的孩子雨和雪》實在是一個藉由半獸人帶出諸多在自我認同歧路上失措掙扎的電影。雨和雪兩個孩子，同時具有狼人和人的血統，可以選擇要以人或者狼的形態活下去。但選擇從來不是如字面上那樣充滿自由的樂趣，相反的，還必須吞下捨棄的代價，以及在灰色地帶游移的徬徨。

從小活潑過動的雪，容易露出破綻，卻偏偏嚮往做一個普通的人，費盡氣力去融入小團體，藏匿起爪子和錯誤的熱切眼神。

內向自閉的雨，明明更能安全地隱身人群，卻始終忘不了見過的一匹狼孤獨的眼神，那樣忠誠地反映著自己，好像暗示著一個迷人但可怖的新世界。

曲曲折折，又那麼合理地各自走上以為不搭的道途。當雪在前往學校的路上反覆背誦媽媽教導的「土產三份章魚三隻」的「不變身口訣」；當雨流著眼淚向母親訴說：「為什麼狼總是壞蛋呢？被大家討厭，最後被殺掉，這樣的話我不要做狼……」那真是……該怎麼安慰他才好呢？

所以真正力量超凡的半獸人，恐怕也不是最終立定了決心往不同單行道走去的雨和雪，而是以一己之力，竟然養大了兩個生病不曉得該送去人醫院還是獸醫院、保證了不會在散步時變成狼結果食言、一個往前跑很遠時另一個黏在身邊討拍拍，這樣兩個好麻煩孩子的母親吧？

因為是自己孩子的事，是所愛之（狼）人的事。在流經城裡的溪邊發現外出捕食野味要給懷孕的自己進補的狼的屍體，看著牠被清潔隊員抓著扔上垃圾車卻無法前去相認……同樣是，不可能有辦法安慰她的。

畢竟對她而言，人間已經是一個到處沒有辦法的地方。

然而沒有辦法的時候，往往就逼著以獸的姿態辦成了。

人——

小桑大概是宮崎駿動畫裡最具悲劇色彩的人物了。電影大約演了六分之一才出現，在這之前，男主角阿席達卡已經遭遇了一連串慘事如村莊被恨意纏身的邪魔神攻擊、因為對其射出致命的一箭而遭到詛咒、離開未婚妻離開家鄉。他一路向西，帶著生之欲望去尋找命運可能的岔路，途中遇到了剛和人類隊伍戰鬥過的山犬一族，小桑為山犬母親吸出髒血，轉身看見阿席達卡的一幕後來被做成了電影主視覺，除了畫面本身的張力（一個和巨犬為伍的美麗少女臉上沾著血跡），那做為阿席達卡看見她的第一眼，也是觀眾看見她（正面）的第一眼，「魔法公主」終於現身了。

提到片名，其實在製作期間，導演和製片人的想法是不同的。宮崎駿傾向以「阿席達卡」為主，鈴木敏夫則認為直譯應是「幽靈公主」的現名更令人印象深刻，最後還以「直接在預告報導裡搶先正名」的手段達到目的。這樣的爭論大概只是行銷考量，但整部片真正讓人放不下懸念的，也確實是很後面才交代的小桑身世，而非用膝蓋想也知道能否解開的阿席達卡的詛咒。在這場人類和自然的對決裡，始終保持中立想找出和平共存辦法的阿席達卡，或許是更立體的角色，但態度堅定憎恨著人類的小桑，卻更能製造矛盾：為什麼一個人類少女會這樣和同類為敵？她的身世之謎，或許是解開兩造衝突的契機。

但沒有。她就只是個在這張力緊繃的對峙裡一個尷尬的存在，是家人因侵略森林而遭到山犬攻擊時，為了自保而拋下的餌。山犬說：「從此當不成人類，也當不成山犬，我可憐的女兒。」

和山犬站在同一陣線，幾乎是一開始就注定要失敗了。到底為什麼要在人類敵方安插這麼一個角色，讓她在做為天真良知的同時，卻一路痛恨地節節敗退，不得不對山獸神提出控訴，何以讓人類予取予求，卻放任山犬被鐵彈擊中死亡、山豬變成邪魔神呢？

當阿席達卡對著她說：「但你也是人類啊……」小桑只能絕望地哭泣。

那也不只是她的眼淚，而是每個「生而為人，我很抱歉」之人的眼淚。

無聊男子的日常與時差

無聊男子與失眠——

整個夏天，我活在巨大的時差裡。

不再通勤、沒有旅行，但我卻比任何經歷過的身不由己階段，更加為自己的無能為力感到無能為力；比面對新鮮風景腎上腺素如熟果落地爆發的時刻，都更加無法控制自己的作息。

每當夜晚如死神現身，霸道地將人們打地鼠似地一個接一個按入世界反面去休息時，不知為何，我的思緒就展開激烈的抗爭行動，拒絕關燈，索性崩盤，如流沙圍困住我。

睡不著。生理時鐘像電池電力微弱，秒針在同一個地方前後擺動鬼打牆，突圍不了的人生，名副其實的跳針。我嘗試閉目養神，翻身像蚯蚓翻土，直想往地底裡最黑暗處鑽，卻磁場錯亂迷失方向，鑽著鑽著就看見了天光，像個溫柔大方的暖男，送來一個擁抱。

我每每在那擁抱裡可恥地睡去，把一日之計都睡掉了。

無聊到底也不過如此了。

無聊男子與想不起來——

時間要再往前拉一些。那是在天亮前，真正人間謝幕的凌晨時分，我終於掙脫了自己織的電信蛛網，甘心關了電腦，乖乖側躺床上，四肢微微向身體中央蜷縮成一個寶寶的姿勢，等待睡眠抓交替般令我的身體退場，而潛意識如泡泡浮出，一顆顆晶瑩閃亮有虹彩，轉瞬破滅成夢。

然而不過十分鐘後，我就差不多開始要嘲笑自己，這一切的預備，與其說是為了入睡，倒不如說為了清點一日雜念或一生結論方便。任何正在調整作息的人，都知道營造環境簡單，無光、安靜、睡前不看手機、不做劇烈運動是基本的，當然有咖啡因的食物也是萬萬不可。只消抵擋得住誘惑，這些外在條件都不特別折騰。

最不容易的，其實在無法拔掉插頭終結大腦運轉。搞什麼鬼呢？大腦像初生嬰兒敏感而易受觸動，徹夜吵鬧找不出原因，只能束手就擒。

忽然我想到一張臉，一個素昧平生之人的臉。彷彿在夢裡見過多次，那臉是如此熟悉像多年不見老朋友，但我無論如何找不到來時沿路丟的石頭，被自己的多事弄得迷途了。這樣一張臉，讓我在睡夢的懸崖邊像被人拉了一把，又攀回現實廣闊荒涼的平原，而平原沒有邊界，無人能預測下一秒將要遇見什麼。

我在腦中四處偵察，尋找著一個哪怕最簡單的線索，一句台詞或一個表情，一個動作——到底為什麼白天看的那部電影裡的不出色小配角，明明這般眼熟，卻怎樣都召喚不出原始碼，記不起哪裡見過好像的另一個人？我失去了自己資料庫的存取權限，且求助無門。

不按牌理出牌，有時則是先有對白如壁癌浮字，只能死命想是哪裡看過？一星期前的電影嗎？兩個月前的日劇嗎？還是有陣子十分著迷的卡通《男子高校生的日常》，一集短短二十多分鐘影片，切成四五短篇，〈男子高校生與怪談〉、〈男子高校生放學後〉、〈男子高校生與出門旅行的早晨〉……等，每一段都不留情面截出混日子難免的百無聊賴，徹底沒有意義，也不該有意義，不該去尋求意義。

那時，我還是個上班族，尤其喜歡在結束一整天行程終得以休息時刻，背靠床頭，好滿足地欣賞電腦螢幕為我展示生而為人的種種白忙。男子高校生在每日通勤的電車上偶遇一女子高校生，發現女子高校生脖子上有一顆長了毛的痣。她不知道自己有一顆長了毛的痣嗎？該告訴她嗎？不，那或許是一種抵抗虛偽現實的手段和意志。她在學校會被排擠嗎？會因此被霸凌嗎？男子高校生默默演了太多的激情內心戲，腦中小宇宙經歷多次大爆炸，簡直要大破大立修改了人生觀。是這樣荒謬而無厘頭的情節屢屢讓我在分明睏倦不已的夜半呵呵笑出聲音，覺得自己在變成一個夠資格寄生於世界的無聊大人後，還能保有一點莫名其妙的幽默感，真好。

偏偏，當我歡快地在臉書上分享此動畫是如何撫慰著我太過被追趕著要天天向上的靈魂時，友人只是淡淡回覆：「男子高校生的日常？啊不就是每天都在打手槍嗎？」獲讚無數。

才稍不留神，怎麼就繞到這樣遙遠的他處了？或許也該慶幸至少沒有衍生出更多線頭，天外飛來無端敲擊出的電光都彷彿神喻，要人解開謎題才能釋放自己，解不開就等著星火燎原。

每天，我就忙這些無法向人解釋的事，就忙這些寂寞的遊戲。

無聊男子與休止符——

和母親提及此事，母親說：「人老了就是這樣吧，記憶力退化是一定的。」說得很淡然，連反駁都缺乏辯論的樂趣，只能同意。但我是執著的人，執著就是和自己過不去啊，是思考迴路有蟲介入，形成無限迴圈。

整個夏天我不僅活在時差裡，還活在自己打造沒有破綻的牢裡。

我跟母親說，如果每天晚一個小時睡，徹底拋棄天體運行秩序，無視人體十二經絡運行系統，二十天後，我就能調整回正常作息了吧！這個計畫是不是很棒？話說完自己都覺得糜爛到昇華了。

其實如果真能徹底執行，當做實驗也不錯吧？但真正的現實不是舒服的夢幻草原，而是有高樓有鐵道有盡可能日出而作日落而息等種種人際動線的世界，太過任性是要嘗苦果的。所謂的失業其實也只是換種方式掙錢，想要享受資本世界便利，沒有拒絕服膺這一套遊戲規則的理由。

母親要我沒事的話，不要老窩在房間裡打電腦，不管我其實正從事自以為的文學創作，還是整天不斷電閱讀或觀影培養靈感。

出去和朋友吃飯聯絡感情啊，出去運動啊，出去做點什麼事都好吧。沒有約會的假期，我的活動範圍是很小的，往往就是下樓一趟買早午餐，兩餐併做一頓的高效率現代習性。晚餐則可有可無，偶爾請下了班的妹妹，回家路上看見什麼就順手買回來。

母親不喜歡我這樣。

母親喜歡我對世界抱持更積極的態度，像電視裡那些專家連自己都成功說服的完美生活範本。他們說：生活是要闖的，自己的日子要自己負責，年輕人應該如何如何，說到嘴角冒泡讓人很想遞一張衛生紙過去，或者鏡子。

可要是我壓根不想闖什麼，沒要做什麼呢？如果我情願輕鬆度日，失重般飄啊飄優遊人間太空呢？這講法是否比專家更加不切實際，是光譜的另一極端？

我真是個壞孩子，分明已無法是個成天浪蕩、快快樂樂就足夠的男子高校生了。

忽然想起卡通裡我特別鍾愛的重要設計：停頓。任何人事時地，每當有人脫口說出冰凍三尺的無腦冷笑話，或耍白爛時偏偏被路過女生尷尬直擊，畫面會驀地拉遠、休止，浮雲五鬼搬運似地溜走，微風吹動窗帘一掀一掀引渡光線，人聲俱靜，蟬聲流響。海潮忽遠忽近，片刻即永恆，充滿了不存在的寓意，以及不知該如何說明的詩意和天意。那常是整部卡通最吸引我的橋段，稍縱即逝的光芒，殘忍、恐怖，要以手掌摀面，藉由指間空隙才稍敢一瞥的人生真實面。

忽然頓悟的力圖振作，緊接著又「好像也沒那麼嚴重啦」的自我安慰，旋即重新墮落。

無聊男子與曇花——

小朋友

家裡曇花終於展瓣的那晚，我們一家三口很快準備就緒，找來玻璃空瓶，裝好水，插入剪下的連苞枝。客廳裡電視聲響依舊熱烈嘈雜，滿溢罐頭笑聲，一點空閒不給。擱下了各自的心事，我們努力壓抑雀躍心情，靜看花朵盛放，妖豔而至狂野，柔軟的透亮白細長花瓣姿態萬千，各有各的去向般彎著不受拘束的弧度，合而為一，又是那樣完整的存在。

時間如規矩的鐘擺搖盪，時間如沒鎖緊的水龍頭逃兵滴答。時間是風催促紅葉離枝落土，是日光之梯爬上皮膚踏出曬痕。

時間不顧生理時鐘停滯不前。時間不顧曇花或也有渴望和陽光一起誕生的心願。

時間是花朵微微顫動，看得見，還是並不？是誰碰到了桌子嗎？誰的聲息太過放鬆，竟吹亂了綻放的精密程式設定嗎？

但，不假，曾有那麼一刻，我們異口同聲地宣稱，花動了。哪怕極緩慢，卻實實在在打破了植物總在人類背後一二三木頭人，偷偷抽高的假象，一時不防，便洩露了光陰的行蹤。天知道這些一點也不重要的事，堆疊起來，已接近生活的全部。暫停一切互動，從彼此拋接的話題間遁逃，成為個體，猶如寂寞的人坐著看花，只是並不寂寞。

說不清為什麼，我始終牢記那晚的事。做著什麼也不做什麼，家庭關係有時是座海市蜃樓，當發現溫馨畫面僅是幻象一場，現實隨即迅雷不及掩耳地收復失土。

也是好的。僅是點綴的美好，甚至更好。

花也開好了，只可惜緊接著就是凋零、萎靡了。趕快拍照上傳臉書，斷續出神個把鐘頭，須臾瞬逝。朋友在臉書上留言：你為什麼要在臉書上轉播如此哀傷的事？

仍舊自棄地回覆：因為我的生活貧瘠，貧瘠得只剩歲月可以浪擲，等待奇蹟似的曇花一現。充滿時差的人生，因此有了真正值得紀念之處。

怎麼會想到這裡呢？天還不亮嗎？

無聊男子與收播——

那天，我忽然深信記不得話語或人臉出處，可能並不嚴重。反正幾個小時或幾天之後，我們都將忘了自己曾死命想不起的事物究竟是什麼。

只有遺忘足夠強悍，能夠抵抗遺忘的無情。

深夜的命題，總是充滿哲學可以見縫插針的空間。

天亮之前，獨醒之際，我開始非常認真思索入睡那一瞬間的事。不是地理的概念，也非時間，任何人都無法像往前踏一步就交出制空權，也無法反向設定鬧鐘響起就把人往睡眠裡踹。從這裡到那裡，通過的到底是怎樣神祕的路徑？那與由活著走向死亡，可有異曲同工之妙？後來每當我因忽然想到什麼而又警醒過來，總忍不住想到類似的事：或許再一秒鐘，我就跌進去了。是什麼決定了我那一秒鐘的折返？如果陽光是暖男，那一刻的包圍，或是雪女在施展魔法了。

徬徨到底，也是一種昇華。

很久沒想到的一件事：幼年的我睡到一半，沒有理由轉醒，夢遊似走到客廳，卻見當時還不知正要陷入大病、一倒不起的阿嬤獨自頂著把人扮得像鬼的黑眼圈，在電視機前看著那曾經熟悉得不會想及有朝一日將難得一見，方中有圓、橫陳繽紛色塊、黑灰白漸次排列的，電視台收播畫面。

那是在各家電視台尚未開始重播復重播全年無終接力賽前，每過凌晨一兩點，便切換至色彩檢驗圖表一動不動的鏡頭，宣告一日有終，強迫眾人離開電視機前，那如今總似可以坐上一生一世未有盡時的位置。

阿嬤就坐在那前面，以一種陷落在時差裡找不到出口的姿態，臉上漾滿顏色。

幾乎就是一個最確切的前例，諷刺著此刻的我。

05

吃心臟的流星卡西法

本來也是很快樂的，到處飛來飛去用身體在夜空寫字，模仿神在水面上跳躍，或加速俯衝和地球擊掌，生命全用來玩樂和惡作劇。偏偏，被魔法師吸引說服，用自由交換一顆跳動的玩具，日日文火煎熬、四處移動，尋找當時的目擊者破解合約。

幻海之路

早上七點多鬧鐘響的時候，身體還本能地抗拒世界，只有手勉強受使喚，抓來手機打開臉書醒腦，看見朋友兩小時前的發文：「心什麼時候可以自由？」直覺想問：是太晚睡還是太早起呢？又怕打擾別人，就只能讓自己正正常常起床、準備、出門上班。其實是忙亂的一天，不斷發火的主管、真的盡力在接招了的同事，還適逢萬安演習，趕緊出去帶午飯回來，否則就要困在以為象徵自由的外頭——像我整天困在朋友的問句裡。心什麼時候可以自由？盧廣仲的〈大人中〉是這樣唱的：「愛人的人，獲得自由。」自己都不相信的答案，當然無法傳給朋友。

只好陪著一起失眠了。

漂流在幻海裡。兩個月後，這句子像遲來的注解，硬是插進書頁裡。

一直認為《幽遊白書》裡的幻海，名字真是太美了。一座幻海，那麼大、那麼危險，足可以淹沒所有人類的海洋，竟然只是個幻覺嗎？一種見水再度不是水、是煙霧了的覺悟，說起來也很適合幻海本人的角色設定：人類中排名前五的靈能者和武術家，任性又毒舌的七十歲老人，獨自生活在大寺院裡，終身未嫁，去世後把她的土地和寺院都留給了弟子幽助和他的朋友們。

其實一開始對幻海的印象是不深的。《幽遊白書》裡多得是擅淫巧奇技的人，幽助會靈光波動拳，桑原能使次元刀，妖狐藏馬可以操控植物、如咒般將種子打入對手體內長出異草，飛影則有最帥氣的邪王炎殺黑龍波……這些怪咖一字排開，參加暗黑武術大會，即使是站在上屆冠軍、隊員的顏值和名字都氣勢萬鈞的大反派戶愚呂隊伍旁，也絲毫不減其夢幻明星隊的光芒。幻海在裡頭，就只是個難相處的老太婆而已，連個人技能「靈波」也因為傳授給了幽助，變成了別人的代表作。

但有件事，只有幻海做得到，就是當她運用靈力值達到某程度時，身體會變回少女的樣子。其實，原則上，靈力使用者都可以透過極大值的釋放，讓自己暫時回到最佳狀態，但在僅有她一人已進入遲暮之年的行列裡，這樣的「副作用」自然被彰顯出來，成為唯一一個「有地方可以回去的人」，也讓來時的路程，變成被期待的故事。

是一個愛情故事。

／

說到愛情，大概很難不提到由AKB、SKE……等48少女團體推手、脫掉西裝其實也就一臉痴漢樣的「秋元康」原作，整部卡通就是講少女初戀的《小紅豆》吧？小時候看這卡通，真的是充滿驚訝如同一隻小螞蟻誤闖眾神的派對。怎麼可以如此無聊又傻又天真呢？還是小學五年級生的小紅豆，是個從各種角度打分數都只能落在平均值上的女孩子，某日因為聽信電話占卜說「當天會有一生難逢的邂逅」，而對有夠倒楣於同一日轉學過來的勇之助一見鍾情，成了一個被問到「喜歡勇之助的什麼？」會回答「全部」、夢想是「嫁給勇之助」、睡夢中會無意識喊出「勇之助」三個字的，花痴。

對，就是花痴。我對這整部卡通的印象，大概也就是「一個花痴談戀愛」而已了。但這樣的評斷或許也是受了當時台灣社會「上了大學愛怎麼談戀愛都隨便，但在那之前好好念書就對了」的大教育方針，缺乏自己價值觀的笨小孩如我，難免就借來當子彈使用了。

不過一邊罵，消化不了其他頻道的節目時，還是只能無味地看著，看一開始那以各種欲拒還迎、各種口是心非、各種假動作還有各種真苦惱展演的單戀情事，想，這到底是怎麼樣的世界呢？怎麼每個人都心肌梗塞無法暢快地表白呢？怎麼和我自己的小學五年級差這麼多呢？但或許只是啟蒙的早晚不同，長大後等自己談了戀愛，就會知道就算是中二的感情觀，也有升上大二後仍舊無改的盲點。

所以才感到萬幸，有志者事竟成，七夕當天，小紅豆在紙上寫下「與勇之助更親密」的願望後，勇之助終於在紙的背面寫上了「我也是」三個字。這豈不是太棒了嗎？且不論勇之助的意思或許只是「我也想和自己更親密」，如愛上自己倒影的納西瑟斯，反正一部顯然目標族群心智年齡很低的卡通，實在沒必要放太多除了糖以外的調味料。

只是，痛苦就像雜念，只有專心致志互許終身的一刻，才月蝕般短暫消失，過了決定在一起的瞬間，就會再度出現在陰暗得除了黑再無其他的夜空中。單戀當然不會是快樂的，然而在一起之後的種種猜疑、嫉妒、占有欲、無理取鬧，都將因獲得正當性而肆無忌憚地發作。是以當勇之助說出如「真正美麗的女孩，總是只在夢中出現」這樣自以為是哲學家的句子時，小紅豆也膝反射般不服道：「反正我們存在於現實的女孩子就是不漂亮啦！」酸得不得了，甚至發展出強烈的殺意，如描繪勇之助和另一個女同學「陽子」走得很近，還一起去看棒球被小紅豆抓猴於電視轉播上（如果主角們不是一群小學生，或許就能說一句「小紅豆啊，你該慶幸他們去的是還能被光明正大拍到的地方了……」）的那一集，集名竟取為〈勇之助，我恨你〉。

我的天，這世上可有比小紅豆更恐怖的情人？我一邊想著，一邊看他們用燃燒垃圾食物般的熱能去冰釋誤會。勇之助如此告白：「我睡不好，是因為你不跟我說話的緣故。沒有辦法和最喜歡的人說話，會難過得連晚上也睡不好覺。」這下子我可確定他不只是個哲學家，還是個很擅長花言巧語的哲學家了。

好景不長，國中階段，勇之助到美國當小留學生（我想也有逃難的性質吧），期間小紅豆喜歡上另一個同班同學龍一（變心的速度之快簡直像是在開玩笑），眼見又是另一個從此幸福快樂的童話時候，勇之助回來了（這也像開玩笑，但是不同於令人苦笑的小紅豆，勇之助這比較像是等著看好戲的奸笑）……

小紅豆馬上陷入兩難的煩惱中。要在勇之助和龍一之間做出選擇，還真是困難啊。一個是「一生難逢的邂逅」而來的前男友，一個是前男友遠走他鄉時的替代品，到底何來的懸念呢？我想每個正在看電視的小孩子應該都在想一樣的事情吧？

也只有小孩子才會把事情想得如此簡單了。好像國中時候，妹妹班上的一個女同學意外懷了孕，八卦像當季的流行席捲全校，我雖從未見過女主角，但每天回家都能聽妹妹轉播最新進度，她們一群女孩子且充滿好奇地問她：「做那件事情的感覺怎麼樣？」好像她只是去玩了自由落體或滑翔翼，「就有點痛。」妹妹轉述女同學的話，身為哥哥的我只有尷尬地沉默。

之後又陸續聽說更多的聽說，聽說是校外不知哪個流氓幹的好事，聽說動完手術了，聽說休學後仍每天輔導室報到接受心理輔導，聽說全家搬走了。現實世界大概有很多的一生難逢，但後面接的多半是險境和深淵，是高牆和急流，真的像小紅豆一樣在二十歲時和勇之助結婚，兩人還生下一對龍鳳胎，根本就像女孩團體人人都好純真，相處好愉快，為完成夢想謹守著禁愛令，每次粉絲票選被唱名上台都哭得像被家暴一樣。

而大家都知道，那裡頭有多少人在脫團、單飛之後，隨即被招攬進入色情產業，繼續另一種形式的身體販賣。

不要說小紅豆了，連秋元康都無法理解為什麼會這個樣子吧？

他們無法理解或想像的，或許還包括《魔法公主》裡阿席達卡的未婚妻卡雅的遭遇。那是在不知第幾次看《魔法公主》時，意外看到的一段注解，說明當阿席達卡即將離開村莊去尋找破解詛咒的方法時，以為是他妹妹的卡雅違反規定出來送行，送給他一把玉刀。那玉刀其實是代替自己守護、也將永遠思念未婚夫的意思。

阿席達卡說自己也不會忘記卡雅的，說完便離開了。

但真的沒忘嗎？也許是真的。電影中有一個橋段，阿席達卡在中彈後要帶著「山犬的女兒」小桑回到森林，最後卻因流血過多不支倒地。痛恨人類的小桑帶著他去山獸神途經的湖邊，期盼山獸神能救他一命，一夜過後，阿席達卡果真因「夢見了金色的鹿」，傷口奇蹟似地復原了。

小桑找來樹皮，要阿席達卡咬一咬吞下，但他太虛弱了，小桑只好自己嚼爛了，以口對口的方式餵他。

阿席達卡吃到一半就流下淚來。

之前看，都以為他只是因為山獸神治好了自己的傷，卻仍未消除正侵蝕他生命的詛咒而哭泣，得知那段注解後，總忍不住想，那是因為想起了在故鄉的卡雅吧？離開了自己深愛的未婚妻、為了保護她不得不射殺了邪魔神，還因此被其怨念綑綁成命運的阿席達卡，此時應該是已經愛上小桑了。那眼淚，是混雜了愧疚和痛恨的眼淚，也是在小桑面前誤露真心的眼淚。

據說在《魔法公主》製作期間，導演宮崎駿曾發明了一個新的漢字，唸作せっき（Sekki），意思是「一段口耳相傳的故事」。若單就這個字來看，或許給卡雅使用，都要比放在阿席達卡或小桑身上來得合適。一個只出現幾幕、幾乎不對劇情造成任何影響的角色，卻還是成了詛咒般的存在，而且遠比邪魔神的黑意念強大、長久。宮崎駿說的：「卡雅想嫁給阿席達卡的想法是堅定的。但阿席達卡選擇了小桑，和擁有殘酷命運的小桑生活在一起一點也不稀奇，因為這就是人生。」

就是人生嗎？那麼卡雅的人生呢？她會知道自己送給了阿席達卡的玉刀，被他轉送給小桑了嗎？那是從一開始就知道他不會再回來的分離，這個拯救了自己又離開了自己的男人，生死未卜，又何嘗不是她的詛咒？

也是有這樣的愛情的。要扭曲了心志去適應、改變，漸漸接受了事實。沒有演出來的部分，也就是一段口耳相傳的故事。也許在很多年之後，她會輾轉得知阿席達卡身在遠方的消息，原來並沒有死掉，但也無法回到從前了。他最後是否忘了自己呢？還會想著自己流淚嗎？

卡雅又是否忘了他呢？

心什麼時候可以自由？

幻海和大反派戶愚呂弟的關係，要到最後一刻才揭曉。

五十年前，他們組隊參加暗黑武術大會，拿下了冠軍，在領取實現任何願望的優勝獎品時，戶愚呂弟選擇了成為不老的妖怪，能讓身體永遠保持在最佳狀態，無止境發展力量，因為只有脫離了時間摧殘的絕對力量，才夠保護自己想要保護的人。

從此便拋下了幻海，和她活在不同的時間裡。他向幻海表白：「當人類真是麻煩，身體會衰敗、力量會失去。」那是眼見著所有弟子都被殺掉、吃掉，卻無能為力阻止，從此拒絕原諒自己，終於成為終極力量信仰者的告白，只有力量才是一切，才能保障在乎的一切。當幻海回答他：「老就老吧，你會老，我也會老，有什麼關係呢？」其實等同於以承諾陪伴做為對抗時間的方法，也提醒了他即將選擇的道路是非常孤獨的，無論自己是否還能以夥伴的姿態一起走下去，擁有至高的力量，也就等於再沒有人可以和他站在同一個位置。那是一份必須用孤獨換來的權力，他執意前往，卻忽略了自己同時也為幻海做了選擇。

是以五十年後在戰鬥的會場再次相見，看見已經老去的幻海，才意識到自己是一個多麼殘忍的人。

但已經來不及了。他的眼中只有和幻海站在一起的幽助，這個取代了自己陪在幻海身邊、總算出現的或許可以擊敗自己的人。

強大的嫉妒，使他沒有猶豫地殺了幻海。

他說：「我無法忍受你老去的模樣，真是太蠢了。」

他必須激發出幽助最大的潛力來和自己對戰，所以殺了幻海不夠，還讓幻海死在幽助的眼前。幻海的死，終究只成全了不再孤單的渴望。他只想使盡全身的力氣和幽助打一場，金庸小說裡未曾真正現身的獨孤求敗，出現在富樫義博的作品中。

一直要到他獲得長久以來期盼的結果，敗給了幽助時，我們才了解到使他殺了幻海的驅力並非嫉妒，而是對解脫的渴望。他也知道幽助在獲得優勝後，必然會許願讓幻海復活，於是交代小閻王好好保存幻海的遺體。戰鬥結束後，小閻王做出判決，生前殺人無數的戶愚呂弟放棄了較輕的懲罰，直接選擇無數個一萬年折磨不斷重複的、所有地獄中最痛苦的冥獄界前進，小閻王苦勸無效，忍不住說：「真是一個笨拙的男人。」其實也道盡了戶愚呂弟看不清自己紛雜感情中最要緊的部分：那比起被時間慢慢剝奪了生命更重要的，是去守候自己愛的人吧？

在前往冥獄界的路上，他遇見了死去的幻海：「你可真了解我，知道我會選這條路。」

幻海說：「我有這種預感。」終於重逢的兩人，卻又即將錯身。幻海請他不要再自責，認為一切都夠了。當年弟子被殺害的情況，根本不是他能夠阻止，然而戶愚呂弟反駁：「你錯了，我只是想要追求力量而已，反而該感謝殺了所有弟子的人呢。」只有幻海能夠一句話道破：「你在說謊！」

而戶愚呂弟也只能淡淡地說：「不要再管我的事了。你還有更重要的事，要去保護幽助那傢伙，不要讓他落得和我一樣的下場。」最後說：「一直承蒙你的照顧了。」

如是便跨越了一座巨大的海洋。

幻海最後的一句話是：「真是一個無可救藥的大傻瓜！」接著又回去當那個任性又毒舌的老太婆。

／

一點也沒有錯呢，幻海最後的一句話。不管是傲嬌的小紅豆，倒楣的勇之助，消失於故事中的卡雅，在遺憾和思念裡哭泣的阿席達卡，或是花了一輩子鍛鍊自己力量，最後只希望能有個誰來了斷自己寂寞的戶愚呂弟，都是無可救藥的大傻瓜。

幻海自己也是。孤伶伶走了一輩子，始終拒絕回到競技場上再見戶愚呂弟，直到幽助出現，也接受了邀請——她其實只是去看戶愚呂弟解脫的吧？她不忍見他活在力量的監牢裡，直到確定了有人能夠終結這一切，才可以放心等待自己生命也結束的那天。

也許，我們都走在同樣的幻海之路上，有時必須用盡全力地游，有時又能靜靜躺著漂一回兒；有時非常好睡，有時又無計可施地輾轉難眠。

道過晚安，未讀未回，我猜想前晚徹夜忙於迷途的朋友終於累了、睡了。那麼我也安心了，可以熄燈了。人生難免有非過去不可，但稍一不慎或許就滅頂的關卡。運氣好時，就像我告訴自己沒事，無須再擔心，好好地睡吧。運氣不好時，可能就像忽然傳訊「我又醒了」的朋友。

每個人都該有自己渡海的辦法，我也不知能怎樣幫忙，只能誠實地說：「這樣的話，那我也不睡了。」帶著詛咒，看見一整面在黑暗中洶湧的海洋，等著朋友再傳訊過來。

史奴比小朋友

網路上找到一張史奴比和查理布朗初遇時的圖片，怯生生模樣，可愛得能讓殺人犯都怒放玫瑰，變成一個眼睛鑲鑽如少女漫畫的人。沒有人能抗拒史奴比的，就像檢疫犬米格魯出現在機場時，雖然很不希望牠來聞自己的行李箱，但在附近繞來繞去認真工作的小狗，還是讓人覺得手裡握著牽繩的航警真擁有莫大的權力。

史奴比也是米格魯，是我心目中僅次於柴犬的令人融化品種，牠一出現，野原新之助的小白和阿寶的老皮都將相形失色。

家裡在我小學五、六年級時也養過一陣子狗。那是父親在停車廠撿到的，長得就像柴犬，名喚LUCKY，俗得根本像人類界的志明和淑芬，我跟好朋友劉冠豪分享此事，他還露出不可思議表情，說：「還不如叫MONEY！」拜託，這世上最俗氣的就是錢好嗎？什麼事沾上錢都顯得髒，顯得不純粹。我在心裡祈禱哪天他們相遇時，LUCKY可以狠咬劉冠豪的屁股。

可惜祈禱總是落空比應驗的多，在能和我好友見面前，LUCKY已被母親送走。母親是出了名不愛小動物的，原因當然和一家子懶惰、只有她最勤於打掃有關，逗狗都是我們在逗，但掉的狗毛是她在清、髒了的狗是她在洗，任何時候想起LUCKY，她永遠露出嫌棄表情：「麻煩死了！養一隻狗來討債。」只好把LUCKY一路從台北開車載到台南讓父親的朋友領養，一個沒見過的叔叔看起來並不是太愛狗的樣子，但小孩是既沒有面試權也沒有決定權的，只能對著LUCKY說抱歉。

還不只是狗，超級不負責任但很愛小動物的父親有天晚上還帶了兩隻兔子回家，「在夜市看到很可愛就忍不住買了。」真是令人頭痛，就像史奴比其實也是查理布朗（在計入通貨膨脹後）花了一千五台幣買下的，相當不可取。兔子活動力不如小狗，母親就交由我和妹妹照顧，但每次抱出那一白一灰的兩團毛球，也不知緊張還存心，總是立即在地板上大排尿，我和妹妹只好一個人清籠子，一個人清地板，待籠子清得乾淨也鋪好新報紙，我們在外頭也摸夠了那柔柔順順的兔毛，還一人抓一隻讓牠們賽跑（雖然牠們總是興致缺缺真的就像《龜兔賽跑》裡偷懶小兔的遠房親戚），玩夠了，剛趕回籠子裡關上了門，馬上又大排尿了……如果當時有隨行攝影師拍下我和妹妹的表情，圖說絕對只有「傻眼」二字。

但還是幸運的兔子吧，報到時我們已把曾咬死鄰居兔子的狗送走了。但仍是住不久的房客，一天回家，籠子兔子都消失到魔術師的帽子裡了，而唯一見證了奇蹟一刻的人，當然又是母親。

後來，再沒養過寵物，也不敢養了。一部分也是父親病後本身就像是個大寵物吧，生理上和心態上都是，既軟弱又依賴，還有不明所以的脾氣。久病床前無孝子，母親或許是不想讓我和妹妹擔此罪名，只要求我們一週一次到醫院陪伴。父親在母親節當天過世，喪事處理得差不多後，失去重心的她到處打電話說：「走了，也算是給我最好的母親節禮物吧。」為此我氣了好久，又想起她的那句「養來討債」。

不知是否也有補償心態，我逐漸長成一個愛狗人士。人家說愛屋及烏，我都是連人帶狗一起愛上，沒有先後之分。住家附近巷口若有常見的浪犬蹓躂，日久也會生情，心情好時就買個狗罐頭打賞。

比方說每天出門，打開一樓鐵門就見牠以絲毫不為所動氣勢擋在門口睡覺的「汪汪」。那是一樓住戶曾馴服了野狗養在門口的寵物，給予最寬容自由那樣地養著，如果牠要走，絕不伸手挽留，然而牠也總是回來吃飯（這段話多轉兩個彎就是戀愛指南語錄了吧），最後還贏得「乖寶寶貼紙」似地被套上了項圈，像《玩具總動員》裡頭每個玩具腳上的「ANDY」簽名，然而簽名還在，安弟已經上大學去了；汪汪的項圈還在，但一樓住戶已經搬走，房子也順利賣出了。新搬進來的人好像不知道自己的家也曾是小狗的家，不曉得牠每天看著熟悉的大門開開關關，走進走出一個個陌生人，是什麼心情？

一天下大雨，回家時見汪汪躲在簷下，就（自言自語地）對牠說：「乖乖等我不要跑走喔。」快步走去買了罐狗食回來請客。為什麼非要下雨天不可呢，因為很愚笨地想：萬一那罐頭很鹹，牠吃完了很渴怎麼辦？至少可以喝雨水……很容易就洩露我根本缺乏照顧毛小孩常識的底線。

但就算這樣，汪汪還是一隻很難討好的狗。就算我買了一支超大根的牛皮骨給牠，還是嗅兩下就意興闌珊地跑了（但隔天那根骨頭離奇消失，不知被牠藏哪去了）。買牛皮骨送的兩小包乾狗糧，也是嗅兩下就露出「我要吃上次下雨天吃的那種」的表情又跑走了（隔天乾狗糧再度消失，我不禁懷疑牠是否有什麼祕密基地裡頭藏有能安然度過冰河紀的食物）。

但並不是每隻狗都像史奴比，才被買走帶回家，就已經囂張得連狗屋都不屑住，直接爬上屋頂做日光浴那樣幸福。一日下班，停紅燈，我就看見了簡直慘絕人寰的畫面。一隻戴有項圈的小黑狗，好像發現了所有車輛不知為何都停下來，決定從暗處冒出來，小跑步找到一趟摩托車，跳上去和騎士的雙腳窩在一起。我看著那人一邊笑一邊不知所措，輕輕但不給反抗餘地的把狗給推了下車。大概是我的想像吧，總覺得那狗在一瞬間出現了被遺棄的受傷表情，離去前還淚眼汪汪看那人最後一眼，接著才重新收拾心情，勇氣加滿又去找另一台車跳上去，再度被推下車，就再找一台跳上去，如此反覆不斷。旁觀的人都忍不住笑，同時也害怕自己成為小狗的下一個目標，不斷挪移著位置。我覺得那情況其實也像遍尋愛而求不得的人類（終究還是寫成戀愛指南語錄了嗎？），只是人從來都無法是單純的動物，道德或敗德都可能影響感情的發動。於是便格外同情起來，一隻瘦弱柔順的可愛小狗，究竟還禁得起多少次拒絕呢？真希望緣分的綠燈可以為牠再亮一回，搭上新主人的車，就開始熟悉回家的路啊。有那麼一刻，我幾乎要不管母親有多討厭小動物，真心動念就要帶牠回家了……

唉，能讓自己變得異常善良的事物總是珍貴，透過一隻小狗，我們獲得機會，脫殼似地卸下武裝，展現柔軟如衛生紙的一面，也不用擔心牠會讓你因為受傷學到什麼重要的教訓。

遇見生命裡的第二隻、第三隻小狗，心態上總能保持和初戀無異的單純，這可是遇到生命裡第二個、第三個人，比較難再大方給的待遇了。

不保障生命

小朋友

天堂——

Coldplay的〈hurts like heaven〉ＭＶ我看了總是想哭。其實故事並不特別，祕密警察追捕雙手能生出發光顏料的人種，正是《美麗新世界》、《1984》、《我們》，或者電影《重裝任務》一類對抗老大哥的情節。具有彩繪本能的人四處作亂，為黑白世界布置色彩，最終全數遭鎮壓。太陽花學運期間我每天騎車經過離立法院很近的地方，學生轉而闖進行政院的隔天，通勤的道路被封了，我只好把車停到很遠的地方，改搭捷運去上班。傳了簡訊說明到處都是路障，過不去，會晚點進公司，耳機就正好播出了這首歌。

想了很久歌名該怎麼翻譯？直譯為「天堂一樣的痛」似乎不難理解，太多情境下的自討苦吃都能套入這說法為自己開解，賦予疼痛或苦行正當性。身為一個熱衷於交換概念的人，要舉出一百個例子也並不困難，只是有點害羞，好好的一個大學畢業生卻迷信自己的怪力亂神妄想。但說真的，星座紫微塔羅靈數，哪一個不是以宇宙神祕力量為招生看板，命理專家累積出宗教信徒般的粉絲，實在也符合人間運行常軌。

「人總有絕望得必須向虛無提出請求的時候。」一次我向朋友這樣說。但也有靠自己實心的肉身阻擋、爭取的時候。MV最後展示了一面窗，貪看熱鬧的孩子被媽媽抓進屋裡，不讓他接觸暴力和反叛。

離去前，孩子在窗上留下了發光的掌印。

地獄——

在臉書上貼出一張隧道裡上方警示燈顯示「不保障生命」的截圖，本來以為只是短短不到一秒就閃過的畫面，還是被認出來了。

兩個未來特警，在地底城裡攻入犯罪集團，拯救出被銬上鐵鍊的天使，交給政府。

卻怎樣都不放心，最後決定變裝潛入，救出貌似就要被做為科學研究用的有翅膀的女孩。警報器大響，全城追殺，終於還是逃不過，從半空中直往地底的地底墜落。

根本《天空之城》的經典復刻，天使如飛行石發出光芒，拯救了可能就要摔成肉醬的兩個警察。順利脫逃後，他們開著車子穿過隧道，要把天使帶往因輻射汙染再無法提供人類居住的舊世界放生。

其實風光明媚，藍天、青草、不再被使用的貨櫃或建築。當生物死寂，人類死寂，一度變成煉獄的地球，便重生了。

好可惜，因為恰克與飛鳥裡比較帥的那一個吸毒的緣故，宮崎駿決定將〈on your mark〉的MV自作品集中移除。

人間——

搞笑日和漫畫時常撫慰我的心。無論是把龍宮改編得非常窮酸的《浦島太郎》、取經小隊伍不斷想著要吃掉豬八戒的《西遊記》，還是原創的宅男被騙記，都曾讓我在電腦前笑出聲音，功德十分無量。

但我最愛的還是〈世界末日〉。故事講隕石即將撞地球，再無須衿持自制的人們在街上幹盡噁爛至極的蠢事。也是很合理的吧？如果確定兩天後地球就要自爆，我大概也不會乖乖坐在辦公室上班，肯定要開始打電話瘋狂告白的，反正也不用怕被拒絕了。

動畫裡，電視台找來不同的藝人和大家一起迎接末日，根本像在慶祝跨年，只不過，一字排開，清純的處女歌手眼神已死，當眾抽菸不夠還要自爆和經紀人睡覺求上位；大腕演歌前輩一聽這話當場就噴鼻血了，還脫了衣服用手拍打肚子不知在幹嘛。腹語術表演者淡淡說：「看到這個人偶就討厭。」還用拳頭不斷擊打人偶……主持人驚嚇不已，直言世界末日一來，果然大家都豁出去了啊！

沒有例外，超能者來賓也爆自己料了：「其實一直以來，我的魔術都不仰賴障眼法，是真有神力……不然，我露一手真功夫給大家看吧。」念力一發，就把隕石擋掉了！

回來了！處女歌手、演歌大腕、將人偶視為最佳拍檔的腹語術表演者……他們都像連爺爺一樣地回來了！

人間充滿末日，又豈是搞笑而已？

忍者

一直想著要寫一篇文章，專心一致，不旁徵博引，即使有引用的趣味或必要，也不進行對照，不強作解人，不試圖呼應私人經驗。想盡量趨近某種純粹，像素描，或不加工的寫真。想忠實轉述一個故事，用自己的方式，但不妄下結論。想要為了寫而寫，像收到一個命令，就去執行。想要讓誰都無法在這樣一篇文章裡猜測我或理解我。想要在滿滿的字裡，卻又留下最大量的空白。

想要這樣去寫《火影忍者》。

但不可能。

那實在是一個太完整飽和、所有漏洞都流淌汁液的宇宙。有悠遠得眼看就要進化為傳說的歷史，有國與國之間的邦交和競爭，有野心大過黑夜的叛忍集團，以及在人類之上的九隻尾獸。

人，則有各種詛咒般的血統，也有各種熔鑄高壓終於淬鍊出一顆寶石般的成長。故事從主角「漩渦鳴人」自忍者學校畢業算揭開序幕，組隊解任務、準備升等考試，眾人各有不同的忍術花招，比我看過的任何幻想作品都要繽紛，像重組世界發明新的節慶。火盾水盾風盾土盾雷盾，分身術結界術傀儡術醫療術，體術幻術瞳術禁術，咒印封印血繼限界，還有好幾間旗艦店櫥窗才擺得完的華麗道具。我喜歡裡頭的每個人都有自己課題，感覺可以分別通信，學習種種必須。

比方說天資駑鈍的李洛克，無法使用忍術和幻術，卻又一心想成為忍者，別無他法，只好當一名「努力的天才」，以絕對不輸任何人的苦練去超越，攀過一面又一面高牆，卻每每在他人巨大的身影前意識到極限，痛恨自己的平凡和無用。

比方說腦中人格極端活躍的春野櫻，表面上笑笑，卻可以另開對話框在裡頭爆炸生煙，誰會知道竟曾是個非常自卑的小女孩，若不是好友山中井野的接納和鼓勵，根本無法融入群體。但，偏偏就同時喜歡上宇智波佐助，甚至在中忍考試的實戰場上第一回合就遇到彼此，像賭上全部似的誰也不甘心輸，同時因氣力耗盡而和局。

比方說怕死麻煩的奈良鹿丸，總是冷冷靜靜，相較於有各自沸點的其他人，他大概像直接以乾冰形式存在的二氧化碳，遇熱直接跳過沸騰現象，昇華成可以滅火的霧。戰鬥時總想截彎取直、找到兩點之間直線，用最快方式解決，省下力氣和時間，或許都是為了午睡。怎麼也想不到，在主角群們首次參加升等的競賽裡，他竟唯一獲得了中忍資格的認證。

考官的說法是因為能沉著擬定策略，我卻想到了漩渦鳴人問過的「什麼是忍者？」之解答——

所謂忍者，就是敢於隱忍之人。

所以才能在一票強得不合理的新手中，拿到有時一張也不發的門票。那可是包括了只有殺人時才能獲得快感的我愛羅，以及另一個因體內封印了九尾尾獸「九喇嘛」而成為「祭品之力」的漩渦鳴人，大概所有死神都要來占位置搶人的試場啊。我愛羅的初登場非常嚇人，揹著個奇怪的大葫蘆，眼線重得像用麥克筆畫的，額上還有一個無比邪門的「愛」字。體內封印的一尾尾獸「守鶴」，讓他和鳴人一樣從小就被視為不祥之物，性格扭曲如緊擰的毛巾，一滴蜂蜜或苦水都沒有了，就是個乾燥無淚的人。

兩個祭品之力，馱負著十字架般從同一個起點出發，卻走往反方向的路途。我經常想起一個畫面，是鳴人因為理解而心生不捨，不斷在腦中重現的兩人成長演進圖，同樣站在遼闊無人的荒漠上，鳴人一路迎來照顧他的師長、夥伴，因為有守護的責任，反成為支援系統；我愛羅卻始終站在原地，沒有人來懂他、陪他，成為他的羈絆，畫面愈拉愈遠，他的身影愈形渺小而孤單。

每次想到都很想哭。

想到宇智波鼬也想哭。一個殺了全家族的天才忍者，只為了那必須殺掉最在乎的人方能獲得的忍術。他的存在也成為其手下唯一活口宇智波佐助的存在理由，一個只能以除掉僅存家人，才能替其他家人報仇的另一個天才少年。為了殺掉自己的哥哥，宇智波佐助不惜離開木葉忍者村，讓邪惡組織利用；為了獲得和哥哥相同的忍術，他告訴自己就算要殺了夥伴鳴人也沒關係，終究走上了和哥哥一樣的路。

卻是一條誤解的路。宇智波鼬滅殺家族的真正原因曝光後，我們才發現他也站在自己的荒漠上，忍受憎恨和厭惡，畫面愈拉愈遠，身影愈來愈小。

所謂忍者，就是敢於隱忍之人哪！

一直覺得這裡的「敢」字很特別，不是「擅」，也非「能」，而是「敢」。不只特別，也說明了「隱忍」從來就不是件容易的事，必須向內，朝自己追求，找到不足為外人道或不必為外人道的理由，嚥下一口氣，沉默、退後、離開。

其實說出來就輕鬆了，但又何必呢？奈良鹿丸可能是懶得解釋，但也有人是不願意為自己解釋。說出來就輕鬆了，但又如何呢？如果自己能夠消化，為什麼要把痛苦分攤出去，造成別人的困擾？

所以看著心愛的弟弟以殺了自己為唯一目標，宇智波鼬還是拒絕坦白。那令人窒息的荒漠，從來就是他自己走進去的，為了保護家族名聲和弟弟，而走進去的。

也有在荒漠裡鑿泉的人。海野伊魯卡是忍者學校的老師，特別看顧成績總是吊車尾、淨學些不三不四忍術的鳴人。在劇場版動畫《忍者之路》裡，主角們因為共同擊敗了強大的叛忍集團「曉」之成員，紛紛被自己的父母寫推薦函申請升等為上忍，只有鳴人無人幫忙，首先想到的也是伊魯卡這個像父親一樣守護著自己的人。然而，殺了伊魯卡父母的，不就是被封印在鳴人身上的九尾尾獸嗎？他何以能如此寬容地看待這個孩子？

一個夢想和父親一樣成為忍者村領導「火影」的天真男孩，身為第四代火影的兒子，漩渦鳴人其實可以有不同的人生。當九尾尾獸以根本另一種世界比例的壓倒性力量襲擊村莊時，鳴人還只是個任何變動都可以認識為尋常的嬰兒，世界以什麼樣貌呈現，都會是他眼中的原始模樣。但世界馬上就要傾倒了。他的父親披上火影的長外套，出面迎戰九尾，最終犧牲了自己和妻子，將九尾封印在鳴人體內，讓他不得不以孤兒的身分長大。

所幸還是長大成一個好孩子。就是容易衝動，遇見欺負好友或村莊的人，就使出影分身術，分裂成上百個鳴人去打群架。也所幸是這樣的絕招，有時被識破、抓住唯一的真身，有時則能層層疊疊，自己掩護自己。

我想說……這也是我吧，寫著一篇篇文章的我。李洛克是我，春野櫻是我，奈良鹿丸是我，我愛羅是我，宇智波鼬是我，海野伊魯卡也可以，是我。

但不能說為什麼。也不用說。

倒是可以說說十分羨慕他能使影分身術的另一個理由。那是當他為了趕上摯友佐助的程度，必須在極短時間內練得全新大招，才能不在勸他回頭是岸的過程中被無視或擊垮時，所採取的非常手段：分裂成數個分身去累積經驗值。原來還有這招啊！分身的鍛鍊成果最終都能帶回本體，分成兩個人，進步的速度就能加快兩倍，分成八個就是八倍，分成一百個，就可以在一天之內觸得滿一百天才能觸及的境地。看著好多個他排成一列試圖切開瀑布的水，我多想也能有類似的本事，分裂成一百個人全部派出去讀不同的書、看不同的電影、聽熟好多張唱片、沒有目標般原地解散去不同的地方旅行……肯定很快能趕上進度，解除資訊焦慮吧？

或者，全部派出去談戀愛，一次集滿所有可能的不安和折耗，像拆開全身可以拆開的部分，攤開全身可以攤開的表面，同時敲擊打磨，收攏回來後，直接送醫院插管住個幾星期，如果活下來，應該就能不再怕死了吧？

我保證絕不會在修練過程誤用尾獸的「查克拉」去作弊的。也保證派出去的一百個我，都只是我，不是別人。只要你也能分裂成一百個你，做為我的對手。

為什麼非得是同一個人呢？還是不能說。也不用說。

所謂忍者，就是敢於隱忍之人。

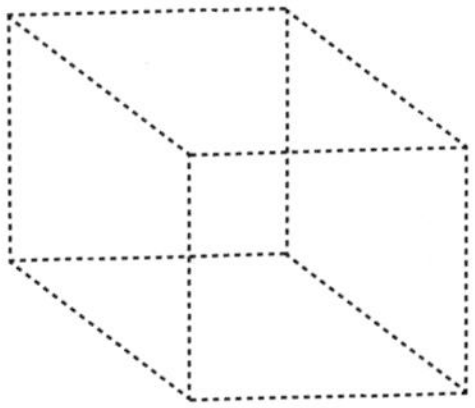

九歌文庫 1234
小朋友

作者	湖南蟲
責任編輯	羅珊珊
創辦人	蔡文甫
發行人	蔡澤玉
出版發行	九歌出版社有限公司 臺北市105八德路3段12巷57弄40號 電話／02-25776564・傳真／02-25789205 郵政劃撥／0112295-1
九歌文學網	www.chiuko.com.tw
印刷	晨捷印製股份有限公司
法律顧問	龍躍天律師・蕭雄淋律師・董安丹律師
初版	2016（民國105）年10月9日
定價	280元

書號 F1234
ISBN 978-986-450-090-1
（缺頁、破損或裝訂錯誤，請寄回本公司更換）

國家圖書館出版品預行編目資料

小朋友 / 湖南蟲著. -- 初版. --
臺北市：九歌, 2016. 10

面； 公分. -- (九歌文庫；1234)

ISBN 978-986-450-090-1（平裝）

855 105016919